LA MARQUISE

CASTELLA

PAR

XAVIER DE MONTÉPIN

I

LE CRIME D'AUTEUIL

PARIS

E. DENTU, LIBRAIRE-ÉDITEUR

PALAIS-ROYAL, 15-17-19, GALERIE D'ORLÉANS

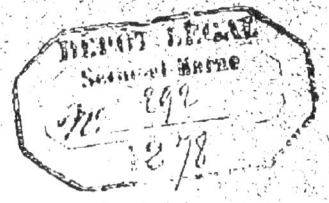

LA

MARQUISE CASTELLA

I

LE CRIME D'AUTEUIL

LIBRAIRIE DE E. DENTU, ÉDITEUR

OUVRAGES DU MÊME AUTEUR

Collection grand in-18 jésus à 3 francs le volume

F. Aureau. — Imprimerie de Lagny.

LA MARQUISE
CASTELLA

PAR

XAVIER DE MONTÉPIN

I

LE CRIME D'AUTEUIL

PARIS

E. DENTU, ÉDITEUR

LIBRAIRE DE LA SOCIÉTÉ DES GENS DE LETTRES

PALAIS-ROYAL, 15-17-19, GALERIE D'ORLÉANS

—

1879

LA
MARQUISE CASTELLA

I

LA MANSARDE DE LA RUE DU ROCHER

Nous prions nos lecteurs de vouloir bien nous accompagner dans la rue du Rocher, voie montueuse
et tortueuse qui fait peu d'honneur au brillant et
aristocratique quartier Saint-Lazare, et qui formait
l'extrême frontière de cet étrange royaume d'ar-
got, de cette bizarre Cour des Miracles, de ce sinistre
lieu d'asile des truands modernes, hier encore plein
de vie au milieu du Paris contemporain, et baptisé,
par le langage populaire, du nom de *Petite Pologne*.

Aux deux tiers environ de la rue du Rocher se
trouve une maison étroite et haute.

Cette maison comporte six étages, surmontés d'une double rangée de mansardes.

A chaque étage, deux fenêtres seulement prennent jour sur la rue.

Les fenêtres du rez-de-chaussée sont pourvues de barreaux de fer d'une très-respectable épaisseur.

Grâce à son manque absolu de proportions, l'immeuble dont nous venons de tracer un rapide croquis semblerait ne se tenir debout que par un miracle d'équilibre, s'il n'était étayé solidement, de la base au cinquième étage, par les constructions plus massives qui le flanquent à droite et à gauche.

Quoique badigeonnée fraîchement et se conformant à toutes les prescriptions de l'édilité parisienne, la maison qui nous occupe offre un aspect de mauvais augure, une physionomie quasi-suspecte, car (il ne faut pas s'y tromper, et nous croyons l'avoir prouvé plus d'une fois) les maisons ont leur physionomie comme les hommes.

Cette demeure semble ne devoir et ne pouvoir servir de logis qu'au vice éhonté et à la misère sordide.

Aux fenêtres entr'ouvertes de chaque étage pendent des loques abjectes et d'indescriptibles haillons.

La porte d'entrée, pourvue d'un énorme marteau, est constellée de grosses têtes de clous et peinte en brun sombre tirant sur le rouge.

Encore une fois nous le répétons, tout cela complète un aspect sinistre et repoussant.

Certes, il nous plairait de passer outre et de ne point nous arrêter plus longtemps.

Sans doute nos lecteurs partagent cette opinion et n'ont pas moins que nous hâte de s'éloigner.

Cependant, si vif que soit notre désir de leur être agréable, nous ne saurions les satisfaire en ce moment.

Les nécessités de notre récit commandent, et nous leur devons une obéissance absolue...

Faisons donc retentir le marteau pesant qui heurte avec fracas la plaque de fer...

Poussons la porte hérissée de clous comme la surface d'un bouclier gaulois...

Franchissons le seuil...

Engageons-nous, — non sans répugnance, — dans une allée étroite et longue, tellement obscure que c'est à peine si, en plein jour, il est posssible d'y marcher autrement qu'à tâtons.

Une odeur fétide, composée d'une foule de senteurs nauséabondes, imprègne l'atmosphère de cette allée.

On croirait, en y pénétrant, respirer les sauvages émanations d'une ménagerie de bêtes fauves, et le cœur se soulève irrésistiblement.

A l'extrémité de ce hideux couloir commence un escalier de bois aux marches vermoulues, tremblant sous le pied qui les foule comme des dents gâtées dans leurs alvéoles.

A la hauteur du premier étage, se trouve la loge, ou plutôt la *niche* du portier.

Passons en toute hâte devant cette niche, — appuyons notre mouchoir sur nos narines, afin de nous garer tant bien que mal de l'infection qui redouble, et gagnons courageusement les étages les plus élevés de la maison, en ayant soin de ne nous point heurter contre les murailles visqueuses.

Au-dessus du sixième étage l'escalier, ou du moins ce que nous sommes forcé d'appeler ainsi, cesse tout à coup.

Il est remplacé, pour grimper aux mansardes, par une échelle de meunier, à laquelle une corde tendue sert de rampe.

Gravissons cette échelle, et en vertu de notre pouvoir discrétionnaire de romancier devant qui les portes les mieux closes s'ouvrent sans résistance et sans bruit, pénétrons dans une pièce mesurant tout au plus huit pieds carrés, et mansardée à tel point que, dans les deux tiers de sa largeur, il est matériellement impossible de se tenir debout.

Un châssis à tabatière, pratiqué dans la toiture, éclaire cette chambre plus qu'exiguë.

L'ameublement consiste en un lit en bois blanc, recouvert d'un maigre matelas.

Une vieille table noire et une chaise dépaillée en mauvais état complètent le mobilier.

On voit que jamais description d'intérieur ne fut plus courte et plus facile à faire.

Une seule personne se trouve dans la mansarde au moment où nous venons d'y pénétrer nous-mêmes.

Mais avant de nous occuper de cette personne, il importe d'apprendre à nos lecteurs que nous sommes au mois de septembre et qu'il est six heures du matin.

Cela dit, continuons.

L'hôte de la mansarde est un jeune homme de vingt-deux à vingt-trois ans, tout au plus.

Il serait difficile à l'imagination d'une femme, au pinceau d'un grand artiste, de rêver ou de créer le type d'une beauté plus parfaite, plus accomplie, plus exquise.

Figurez-vous un front de marbre blanc, couronné par une chevelure blonde, soyeuse et naturellement ondée...

Sous l'arc des sourcils d'une miraculeuse correction placez de grands yeux noirs, remplis tout à la fois de douceur et de fierté.

Dessinez un ovale un peu allongé, mais sans maigreur ; ciselez, comme un habile statuaire, les fins contours d'un nez grec aux narines mobiles ; retroussez une moustache juvénile sur une bouche

mignonne aux lèvres vigoureusement empourprées ;
Estompez enfin d'une teinte bleuâtre délicieusement
fondue les rebords inférieurs des paupières aux longs
cils, et vous pourrez vous faire une idée à peu près
exacte de la tête adorable que nous venons d'esquis-
ser de notre mieux.

Cette tête ne méritait qu'un seul reproche : elle
était en vérité trop charmante pour appartenir à une
créature du sexe masculin.

Son propriétaire était bien un homme, cependant,
— les moustaches en faisaient foi.

Nous devons ajouter que sa taille au-dessus de la
moyenne, ses épaules larges, son torse merveilleusement modelé, annonçaient une souplesse et une vigueur peu communes.

Les pieds et les mains, non moins que le visage
et que tout le reste de la personne, offraient la distinction la plus incontestable, la plus patricienne.

Au milieu du taudis infâme qui lui servait de gîte,
ce jeune homme avait l'air d'un prince.

Le costume qu'il portait au moment où nous venons de faire connaissance avec lui, n'était cependant
point de nature à mettre en valeur ses avan-
tages physiques et à rehausser sa distinction native.

Rien au monde ne se pouvait imaginer de plus
misérable.

Un vêtement de drap, qui jadis sans doute avait
été une jaquette, mais qui ne conservait plus aucune

ferme, couvrait ses épaules et cachait mal les innombrables solutions de continuité de sa chemise.

Le pantalon tout crevassé ne valait pas mieux.

Les pieds ne se trouvaient que trop complétement à l'aise dans des pantoufles décousues et trouées.

Il ne faudrait pas croire, néanmoins, à voir le délabrement inouï de ce costume d'intérieur, que le jeune homme de la mansarde appartint à la classe des mendiants, pour qui l'épouvantable livrée de la misère n'est parfois qu'un habile moyen d'attirer l'attention et la pitié de la foule indifférente, et d'arriver à la réalisation de copieuses recettes.

Notre nouvelle connaissance devait, au contraire, rougir de sa pauvreté, comme on rougit d'une honte ou d'un vice, et la cacher de son mieux à tous les regards.

Si, dans son misérable intérieur, il semblait avoir revêtu l'épouvantable défroque des mendiants de Londres, il devait offrir dans la rue la complète apparence d'un *gentleman* accompli.

Sur le pied du grabat qui servait de lit, se voyaient un pantalon, un gilet et une redingote, sinon bien neufs, au moins parfaitement propres, d'une étoffe à la mode, et d'une coupe élégante.

Un chapeau de soie, brillant encore grâce aux soins les plus minutieux, se suspendait à un clou fiché dans la muraille.

Un lambeau de vieux mouchoir enveloppait à

demi ce chapeau et le défendait tant bien que mal contre la poussière.

Enfin, une paire de bottines vernies, d'une forme charmante et d'un vif éclat, faisaient l'effet d'un invraisemblable objet de luxe sur le carreau poudreux.

Le jeune homme de la mansarde, le propriétaire de ces haillons et de ces élégances, était assis sur la chaise de paille, devant la table de bois noir dont nous avons parlé.

Cette table supportait divers objets : un flambeau de cuivre couvert de suif et de vert-de-gris, un encrier, du papier, des plumes, et enfin un petit pistolet de poche de forme ancienne et notablement rouillé.

II

UN RAYON DE SOLEIL

Le coude appuyé sur la table, et la joue soutenue par sa main, le jeune homme blond s'absorbait dans une méditation profonde qui ne devait point être d'une nature bien réjouissante, à en juger du moins par la contraction des sourcils et par la sombre fixité du regard.

Il s'arracha tout à coup à cette rêverie lugubre.

Il releva la tête.

Il fit un geste de découragement.

Ses yeux s'arrêtèrent tour à tour sur chacun des objets que nous avons décrits, et il murmura d'une voix si basse et si faible que chacune de ses paroles ressemblait à un souffle :

1.

— Le temps est venu... — l'heure est sonnée.

» Je m'étais accordé un mois de répit pour une dernière tentative, pour un suprême effort.

» Le trentième jour expirait hier au soir...

» Mes forces se sont usées dans la lutte. J'ai été vaincu, et je sens bien que je ne puis plus me relever.

» Qu'ai-je à faire ici-bas désormais?

» Le dernier mot est dit !... Je n'attends rien, je n'espère rien.

» J'appartiens corps et âme à cette fatalité étrange, à ce mauvais destin qui s'est emparé de moi, qui m'a jugé, qui m'a condamné, et dont l'arrêt est sans appel...

» Décidément, il faut en finir.

» Eh ! mon Dieu, c'est bien facile !... une demi-minute de courage, et tout est dit !...

» Ai-je le choix, d'ailleurs? puis-je attendre ?

» Non ! cent fois non !

» A quoi me servirait de vendre mes derniers vêtements et de prolonger pendant une semaine ma misérable existence avec les quelques sous qu'un marchand d'habits me donnerait à grand'peine de cette défroque?

» Il faudrait toujours me décider à mourir après, et les plus courtes agonies sont les meilleures...

» Mieux vaut encore en finir tout de suite !...

» Qu'importe, d'ailleurs, de partir quand on me laisse derrière soi aucun regret... — aucun souve-

nir ?... — Dans ce monde inconnu où je vais aller, je
pourrai du moins dormir en paix, et la faim ne
viendra pas me réveiller....»

. . . .

Après avoir achevé ce monologue incohérent et
plus d'une fois interrompu, l'hôte de la mansarde
prit une feuille de papier ; — il trempa dans l'encre
épaisse une plume tordue et ébouriffée, et il écrivit
rapidement quelques lignes.

Ceci fait, il plia le papier, le mit sous enveloppe,
ferma cette enveloppe avec un pain à cacheter couleur
de deuil, et traça la souscription suivante :

*A monsieur le commissaire de police du quartier Saint-
Lazare.*

— Voilà qui est bien, — se dit-il, — et c'était nécessaire ; car après ma mort, grâce à cette lettre, j'ai la
certitude qu'on n'accusera personne d'un crime ima-
ginaire.

Puis, presque aussitôt, il ajouta en souriant :

— Soupçonner n'importe quel coquin de m'avoir
assassiné pour me dépouiller, ce serait en vérité par
trop injuste et par trop absurde !... Certes, le pauvre
voleur qui tenterait l'aventure ferait une grimace
fort laide en se voyant ainsi volé !...

Le jeune homme blond plaça bien en évidence, au
milieu de la table, la missive adressée au commissaire de police, et dans laquelle il déclarait qu'il
allait volontairement mourir de sa propre main et

qu'il y avait lieu, par conséquent, de constater un
suicide et non point un crime.

Il prit ensuite le petit pistolet en mauvais état
dont nous avons parlé dans le cours du précédent
chapitre, et il l'examina pendant quelques secondes
avec attention.

C'était une vieille arme d'origine anglaise, fabri-
quée longtemps avant que le silex antique eût été dé-
trôné par le système des pistons et de la poudre ful-
minante.

Ce pistolet, un marchand de bric-à-brac en aurait
à peine offert trente sous, et cependant il conservait
quelques traces d'un damasquinage presque entièrement disparu sous les morsures de la rouille.

Peut-être, jadis, avait-il été une arme de luxe et
de prix.

Tout passe, hélas !... en ce bas monde, et tout
change !

Le jeune homme blond enfonça dans le canon la
baguette d'acier afin de s'assurer que le pistolet
était bien réellement chargé.

Il abattit la platine, pour constater que le bassinet
était plein de poudre et que l'humidité n'avait point
altéré cette poudre.

De l'humidité au septième étage !...

Cette crainte pouvait à bon droit paraître chimé-
rique !... et elle l'était véritablement.

La poudre offrit aux regards du jeune homme blond

de petits grains noirs et luisants, symptômes signifi-
catifs d'un état de conservation irréprochable.

Le silex, taillé en biseau avec une régularité parfaite, paraissait prêt à faire feu...

Une sorte de joie se peignit sur les traits pâles et
charmants du personnage qui nous occupe.

— Pauvre vieux pistolet! — dit-il, en passant ses
doigts sur le canon rouillé avec un geste qui ressemblait à une caresse, — tu n'es assurément pas beau,
et cependant tu vas faire de la bonne besogne...

» Je t'ai négligé, je t'ai dédaigné, et néanmoins je te
retrouve, plein de bonne volonté, à l'heure où j'ai
besoin de toi!...

» Ah! tu vaux mieux que ces faux amis qui pro-
mettent beaucoup pour ne rien tenir...

» Tu ne m'as rien promis, toi, et tu vas me rendre,
sans hésiter, le plus grand de tous les services...

» D'avance, je te remercie, car il me serait bien
difficile de te remercier après... »

. . . .

Le jeune homme blond laissa pendant quelques
secondes sa tête se pencher sur sa poitrine que soulevait une respiration saccadée.

— Adieu, ma jeunesse...— balbutia-t-il ensuite, —
adieu, l'amour... adieu, la vie...

Il arma le pistolet.

Il plaça l'extrémité du canon à un pouce environ
de sa tempe droite...

Il répéta une dernière fois le mot : *Adieu,* et il posa son doigt sur la gâchette...

Il allait presser la détente...

Une seconde encore, et la mansarde se remplirait de bruit et de fumée, et un cadavre roulerait sur les carreaux au milieu d'une mare de sang.

A ce moment précis un joyeux rayon du soleil d'automne entra par le châssis vitré pratiqué dans la toiture et vint frapper le jeune homme au visage.

Ce rayon de soleil inattendu l'éblouit, lui fit fermer les yeux, et changea, ou du moins détourna le cours de ses idées.

— Au fait, — se dit-il, — ce que j'allais faire est absurde, non dans le fond, mais dans la forme !...

» Suis-je donc un de ces Anglais que dévore le spleen, et qui, par un jour de brouillard, s'enferment chez eux et se coupent solitairement la gorge avec un rasoir de Manchester ou de Birmingham ?... Non ! je suis Français, bien Français, je déteste les modes anglaises...

» Se faire sauter la cervelle entre les quatre murs d'une mansarde, voilà qui n'a pas le sens commun... voilà qui est antinational !...

» Le soleil vient de me visiter tout exprès pour illuminer ma sottise et la rendre visible à mes propres yeux...

» Il est six heures du matin... donc rien ne me presse et j'ai du temps devant moi.

» J'ai dîné hier, par hasard. — Donc, pourvu que je me tue avant que l'heure du déjeuner sonne à mon estomac, tout sera pour le mieux.

» Je puis, sans le moindre inconvénient, m'accorder à moi-même un nouveau répit de peu de durée.

» Je veux respirer une fois encore le grand air.

» Je veux revoir le gai soleil, — les nuages blancs diaphanes courant sur le ciel bleu.

» Je veux rassasier mes yeux du beau spectacle de la verdure rougie et jaunie par l'automne.

» Je veux dire adieu aux feuilles qui se flétrissent et qui tombent, et qui pourtant vivront plus long-temps que moi.

» Je vais aller au bois de Boulogne.

» C'est un endroit charmant, élégant, patricien, et bien choisi pour y mourir.

» On ne se bat plus au bois de Boulogne, je le sais ; la mode est inconstante, et les duellistes cherchent d'autres ombrages... mais rien absolument n'empêche un honnête garçon de se brûler la cervelle en toute liberté dans un de ses taillis épais...

» C'est ce que je vais faire avant qu'il soit peu...

» Voilà qui est irrévocablement décidé.

» Habillons-nous vite et sortons. »

. . . .

Le jeune homme blond, dont le nom nous est encore inconnu et dont nous ignorons le passé, se mit à sa toilette aussitôt.

Cette toilette fut courte.

Il baigna dans un vase de faïence rempli d'eau froide son visage et ses mains.

Il fit glisser le peigne parmi les masses opulentes de ses beaux cheveux.

Il tira de dessous le lit une petite malle poudreuse contenant deux ou trois chemises parfaitement blanches, mais coupées dans tous leurs plis, et dont les cols et les manchettes étaient lamentablement effrangées.

Il choisit la moins mauvaise de ces chemises, et il la revêtit avec précaution, car elle offrait moins de solidité qu'un tissu de gaze ou de mousseline.

Ceci fait, il se plaça devant un de ces petits miroirs ronds, encadrés d'étain, que les soldats et les ouvriers achètent au prix de quinze centimes, et il noua, avec une savante correction, une cravate de soie noire, étroite et mince comme un ruban.

Il chaussa ses bottines étincelantes.

Il passa son pantalon, — il endossa son gilet et sa redingote, et de la poche de cette dernière il tira des gants de peau de Suède d'une fraîcheur encore satisfaisante.

Son chapeau, légèrement incliné du côté droit, compléta sa toilette, et nous devons ajouter que, dans son ensemble, cette toilette était irréprochable.

Certes, personne au monde, en voyant ce beau

jeune homme élégamment vêtu, n'aurait pu soupçonner qu'il avait atteint les extrêmes limites de la souffrance et de la misère, et qu'il s'apprêtait à donner à sa vie à peine commencée le plus sinistre de tous les dénoûments!...

L'hôte de la mansarde mit dans sa poche le pistolet tout armé qu'un rayon de soleil lui avait fait éloigner de sa tempe...

Il reprit la plume, et, au-dessous de ces mots, tracés sur l'enveloppe : *Pour monsieur le commissaire de police du quartier Saint-Lazare,* il ajouta cette ligne :

« *C'est au bois de Boulogne qu'on trouvera mon cadavre.* »

Il écrivit sur un carré de papier son nom et son adresse, — il plaça dans son gousset ce carré de papier, afin de rendre facile la constatation de son identité...

Puis, après avoir pris cette dernière et utile précaution, il sortit de son taudis et descendit l'échelle de meunier qui conduisait au sixième étage.

Quelques secondes lui suffirent pour franchir les marches innombrables de l'escalier.

Il passa si rapidement devant la loge du concierge qu'il n'entendit pas la femelle de ce dernier lui crier d'une voix glapissante :

— Eh! m'sieu... il y a une lettre pour vous...

Il traversa en quatre enjambées le couloir sombre et fétide, et il éprouva une sensation soudaine de bien-être indéfinissable en se trouvant hors de la maison, et en respirant un air relativement frais et pur.

Un instant après il s'engageait dans la rue de la Pépinière, presque déserte à cette heure matinale.

Nous allons le suivre.

III

AU BOIS DE BOULOGNE

L'hôte de la mansarde marchait du pas vif et déli-béré de l'homme qui se sait attendu à quelque partie joyeuse.

On aurait bien surpris les rares passants qu'il cou-doyait, en leur apprenant que ce promeneur si bien vêtu, dont la présence à une telle heure sur les trot-toirs ne leur semblait pouvoir s'expliquer que par une nuit de bonne fortune, portait dans sa poche le pistolet avec lequel il allait se tuer !...

Rien n'était plus vrai, néanmoins, nous le sa-vons.

Le jeune homme blond pouvait passer pour un condamné, pour un agonisant. — Seulement, au lieu d'être lugubre et désolée, son agonie était calme et souriante.

Aussi les passants le regardaient avec admiration. — ils ne devinaient rien, et ils enviaient sa belle tournure, son apparente richesse et son bonheur probable.

Le personnage qui nous occupe atteignit les Champs-Elysées.

Cette promenade splendide, l'une des plus belles du monde entier, n'offrait point l'aspect brillant, tumultueux, éblouissant, qu'elle présente aux regards surpris et fascinés pendant les heures de l'après-midi.

Dans toute la longueur de la grande avenue, depuis la place de la Concorde jusqu'à l'arc de triomphe de l'Etoile, on ne voyait qu'un très-petit nombre de chevaux et de voitures.

Ces voitures étaient pour la plupart les breaks et les dog-karts des marchands de chevaux dressant de jeunes attelages et promenant des steppers.

Nôtre inconnu, — on doit le comprendre sans peine, — n'accorda qu'une attention infiniment distraite aux plus rapides trotteurs...

Il s'absorbait tout entier dans une extase enivrante produite en lui par la contemplation du ciel inondé de lumière, et des vieux arbres de l'avenue, dont la brise du matin agitait doucement le feuillage.

A l'horizon lointain, derrière lui, le soleil montait, dissipant les brumes de la Seine, faisant scintiller les coupoles des églises et des palais du grand Paris, et criblant de paillettes lumineuses les frontons blancs de l'arc de triomphe.

Le jeune homme blond passa près du monument sans même y jeter les yeux.

Eperdu d'admiration pour ces œuvres de Dieu qu'il contemplait en ce moment et qu'il croyait ne plus revoir, il n'accordait pas un regard à l'œuvre des hommes.

Il parcourut l'avenue de l'Impératrice, cette merveille sans équivalent parmi les merveilles des autres capitales européennes, et il franchit cette grille dorée qui se trouve à la hauteur des fortifications et qui ferme le bois de Boulogne.

Là, il eut un moment d'hésitation.

De quel côté allait-il se diriger ?

Dans laquelle des voies qui s'offraient à lui si nombreuses en cet endroit allait-il s'engager ?

Sa décision fut bientôt prise.

— Aux lacs d'abord, — se dit-il, — je veux les revoir une fois encore avant de mourir.

En conséquence, il suivit l'avenue qui lui faisait face et qui devait le conduire droit à son but.

Les lacs du bois de Boulogne !

L'Europe entière les connaît, avec les féeries, avec les enchantements de leurs rives.

Leur nom seul rappelle à toutes les mémoires la

foule la plus élégante et les plus brillants équipages du monde entier.

Mais ils sont peu nombreux, ceux-là qui les ont vus dès les premières lueurs de l'aube, lorsque la solitude se fait sur leurs marges gazonnées, lorsque les rayons obliques du soleil levant, tamisés par les feuillages des grands arbres, transforment leur surface en un éblouissant tissu de moire, d'azur et d'argent.

Alors, oublieux des feux d'artifice et des illuminations du soir, le chalet des îles prend une tournure vraiment alpestre et semble se mirer dans les eaux du lac de Brientz...

Alors les gondoles rapides, immobiles à l'embarcadère, ressemblent à des chevaux de race endormis dans leurs boxes.

Alors, les flotilles de cygnes et d'oiseaux aquatiques prennent leurs ébats en toute liberté et parcourent joyeusement leur royaume, en laissant derrière elles un sillage étincelant.

Tel fut le calme et délicieux spectacle qui s'offrit aux regards du jeune homme blond lorsqu'il eut atteint l'allée magnifique qui dessine le contour des lacs.

Il s'arrêta pendant un instant, et sembla se repaître du tableau magnifique qui se déroulait devant ses yeux.

Il poussa un soupir profond.

Il murmura d'une voix sourde :

— Tout cela est vraiment beau, et c'est grand dommage de mourir !...

Puis, après avoir formulé cette plainte laconique où la résignation le disputait à l'amertume, il se remit en marche, d'un pas de plus en plus rapide, en suivant la rive gauche du lac.

Il ne tarda point à arriver presque en face du chalet des îles.

Là, il s'arrêta pour la seconde fois.

Il jeta autour de lui un regard circulaire, afin de s'assurer qu'aucun des nombreux gardiens du bois de Boulogne ne se trouvait en vue.

La solitude était absolue.

Notre jeune homme, alors, tourna le dos au lac, traversa l'allée sablée interdite aux voitures et réservée aux cavaliers, et franchit la lisière du taillis touffu qui s'étendait devant lui.

Les jeunes arbres étaient plantés irrégulièrement et assez près les uns des autres pour rendre la marche sinon difficile, du moins très-lente.

Un crépuscule velouté, une fraîcheur délicieuse régnaient sous ce couvert de verdure.

Les écorces résineuses et le gazon épais exhalaient des senteurs balsamiques.

Au centre du fourré se trouvait un vieux chêne dominant de toute la hauteur de sa cime séculaire les taillis environnants.

Ce chêne était bien connu des promeneurs habituels du bois de Boulogne.

C'est vers lui que se dirigea le jeune homme dont nous nous sommes fait l'assidu compagnon.

Quelques pas, à peine, le séparaient de ce patriarche de la végétation, lorsqu'il tressaillit soudain et fit un geste de surprise.

Un bruit inattendu, d'une nature bizarre et inquiétante, venait de frapper ses oreilles...

Ce bruit semblait un gémissement rauque, une plainte entrecoupée, un râle lugubre d'agonie...

L'hôte de la mansarde écouta avec un redoublement d'attention, afin de se bien assurer qu'il n'était point le jouet d'une erreur...

Le même bruit continuait, plus net, plus accentué, plus distinct.

— Il est évident que je ne suis pas seul ici... — murmura le jeune homme. — Quelqu'un m'a précédé dans ce taillis... quelqu'un qui souffre... quelqu'un qui meurt peut-être, victime d'un accident ou d'un crime... — Il faut chercher, il faut trouver cet homme et tâcher de le sauver s'il en est temps encore...

Et l'inconnu, oubliant à l'instant qu'il était venu là lui-même pour mourir, commença ses recherches.

Elles furent sans résultat d'abord.

Vainement il cherchait à s'orienter en se rapprochant de ce bruit continu dont nous avons constaté l'étrange nature...

Le bruit semblait fuir devant lui.

Après avoir grandi d'abord, il allait s'affaiblissant de seconde en seconde.

Bientôt il fut à peine perceptible ; enfin il s'éteignit tout à fait.

Le jeune homme ne se découragea point cependant, et continua à marcher d'un pas lent, l'oreille aux aguets et les yeux fixés sur le gazon.

Il n'entendait plus... — il ne voyait rien...

Enfin il arriva près du vieux chêne dont nous avons parlé.

D'innombrables couples d'amoureux s'étaient jadis assis sous son ombrage en échangeant des promesses fugitives et des serments menteurs.

Son écorce rugueuse était tatouée de cœurs enflammés et de noms prétentieux de commis et de grisettes, d'*Arthurs* et d'*Amandas*.

Les cœurs ardents s'étaient refroidis, les flammes s'étaient éteintes, les amours s'étaient envolés, les lèvres rieuses étaient devenues muettes.

Seul, le vieux chêne était toujours debout !

Le jeune homme fit un mouvement brusque et se baissa rapidement.

Il apercevait, devant lui, sur le gazon, un chapeau et un portefeuille.

Il se releva, tenant d'une main le portefeuille et prêt à l'ouvrir.

Mais il le laissa retomber aussitôt, et il se rejeta lui-même en arrière en poussant un cri de surprise et presque de terreur.

Les deux pieds d'un pendu venaient de heurter son front.

IV

SAUVETAGE

Après avoir cédé, d'une façon toute machinale, à ce premier mouvement d'étonnement et presque d'effroi que nous venons de constater, le jeune homme reprit son sang-froid, et ses lèvres eurent un sourire dédaigneux pour sa faiblesse passagère.

— Ah ! sapristi ! — se dit-il presque à voix haute, — que la prétentieuse créature qui s'appelle *homme* est un sot animal, et que je suis un échantillon bien choisi de cette ridicule espèce !

» Je viens au bois de Boulogne tout exprès pour m'y brûler matinalement la cervelle !...

» Je cherche un fourré discret, dans lequel il me

soit agréable et commode de me livrer à cette ultime distraction.

» Et voilà que tout d'un coup je me mets à frissonner de la tête aux pieds, comme une femmelette, parce que dans ce fourré je trouve à l'improviste un monsieur qui s'est pendu !

» En bonne conscience je devais cependant m'attendre à quelque rencontre de ce genre...

» Le suicide est comme le soleil, il brille pour tout le monde ! — Ai-je la prétention, par hasard, d'être le seul habitant de la terre pour qui la vie soit impossible ?...

» Allons donc ! pas si fou !...

» Ce monsieur a fait ce que je vais faire.

» Il s'est levé plus matin que moi, — voilà tout !...

» Il a choisi la corde au lieu du pistolet, la strangulation lente au lieu de la perforation foudroyante.

» Il en avait, certes, bien le droit !

» Tous les goûts sont dans la nature. — Il est d'honnêtes gens qui se coupent la gorge...

» Il en est d'autres qui se noient avec une jouissance manifeste.

» Quelques-uns affectionnent les infusions de gros sous dans du vinaigre.

» Quelques autres, l'acétate de morphine, l'acide prussique ou le laudanum.

» Les grisettes préfèrent le charbon.

» Moi j'aime mieux le pistolet ! — chacun pour soi, et la mort pour tous !... -

» Je voudrais pourtant bien savoir si c'est le pendu que voilà qui gémissait si fort tout à l'heure. »

Tandis qu'il se livrait au monologue tant soit peu fantaisiste que nous venons de reproduire, le jeune homme blond regardait avec une attention extrême et une vive curiosité le personnage inconnu dont le corps ou le cadavre se balançait au bout d'une corde.

— Est-il mort? — se demandait-il.

Une seconde d'examen lui donna la certitude matérielle que cette question devait être résolue d'une façon négative.

Des crispations parfaitement visibles, des tressaillements distincts, mais de plus en plus faibles, agitaient les membres du pendu...

La figure était écarlate, mais n'avait pas encore pris cette teinte presque noire annonçant que l'asphyxie est complète.

A coup sûr, la lutte entre la vie et la mort continuait.

A coup sûr, l'âme n'avait point tout à fait abandonné le corps, mais elle flottait sur les lèvres, prête à s'envoler !...

L'homme est un composé bizarre des plus extrêmes, des plus incroyables inconséquences...

2.

Cette vérité philosophique nous paraît absolument incontestable.

Elle va d'ailleurs recevoir à l'instant même une confirmation nouvelle.

Le jeune homme blond, décidé à mourir et prêt à se tuer de sa propre main, oublia soudain ses théories sur le suicide, et parut ne plus se souvenir de ce que nous venons de lui entendre dire à lui-même.

Il lui fut impossible d'assister au spectacle d'une mort violente, sans songer aussitôt à porter secours à celui qu'agitaient en sa présence les derniers frissonnements de l'agonie...

Il ne se répéta point que cet inconnu ne faisait qu'user d'un droit légitime, et que sans doute il avait de bonnes raisons pour vouloir en finir avec la vie...

Il ne songea qu'à le sauver.

Le sauver?...

Sans doute.

Mais comment?...

L'entreprise offrait des difficultés à peu près insurmontables...

Les pieds du pendu, nous le savons, arrivaient à la hauteur de la tête du jeune homme blond.

La corde formant un nœud coulant autour du cou se rattachait à une forte branche à laquelle elle se trouvait fixée solidement.

Il était clair comme le jour que l'inconnu, après avoir assujetti cette corde avec un soin tout particulier et une adresse de premier ordre, avait passé la tête dans le nœud et s'était lancé résolûment dans le vide et dans l'éternité.

Le jeune homme comprit que s'il ne voulait point faire une tentative inutile, il fallait ne pas perdre une minute.

Il mit bas sa redingote et son chapeau...

Il grimpa le long du tronc de l'arbre, en faisant preuve d'une agilité merveilleuse...

Il se coucha sur la branche transversale à laquelle attenait la corde, et il essaya de détacher cette corde.

Il s'aperçut bien vite qu'une telle entreprise était insensée et qu'il allait briser ses ongles et ensanglanter ses doigts sans obtenir le moindre résultat.

La corde roidie et tendue outre mesure par le poids du corps du pendu, devait déjouer tous ses efforts.

Evidemment, il n'existait qu'une seule ressource.

Il fallait trancher la corde, sans s'obstiner plus longtemps à la dénouer.

Trancher la corde ! — rien au monde n'aurait été plus facile, si le jeune homme blond avait eu le moindre couteau en sa possession...

Par malheur, il ne possédait ni couteau, ni canif ! — pas le plus petit instrument tranchant...

— Sapristi! sapristi! — murmura-t-il avec l'accent d'une très-vive contrariété, — que faire et comment m'y prendre?...

» Le malheureux ne remue plus!... — dans une seconde il sera trop tard!...

» Oui, que faire? » — répéta-t-il.

Il se tenait en équilibre sur la branche, et ses deux mains fouillaient fiévreusement les poches de son pantalon.

Une idée lumineuse lui vint tout à coup.

Il venait de sentir sous ses doigts la crosse du pistolet avec lequel il comptait se tuer.

— Voilà mon affaire! — pensa-t-il.

Il tira le pistolet de sa poche.

Il l'arma.

Il approcha de la corde tendue l'extrémité du canon, et, après avoir ajusté avec un soin extrême, il appuya son doigt sur la détente.

Le coup partit.

Les échos du bois du Boulogne répétèrent la détonation.

Les cygnes du lac voisin s'enfuirent en battant des ailes.

Les gardes dressèrent l'oreille à l'audition de ce bruit suspect qui leur annonçait un duel, un suicide, ou quelque acte de braconnage audacieux.

L'effet produit fut d'ailleurs immédiat, et tel que le jeune homme l'avait espéré.

La balle trancha la corde avec une netteté merveilleuse. Aucun damas bien affilé et propre à faire tomber des têtes d'un seul coup n'aurait pu réaliser de meilleure besogne.

Le corps du pendu s'écroula lourdement sur l'épais gazon qui garnissait le pied du vieil arbre, et la branche détendue fut si rudement secouée par le contre-coup, que le jeune homme blond faillit tomber à son tour.

Il eut heureusement la présence d'esprit de se cramponner à la branche avec assez de force pour ne point perdre son équilibre et il descendit sain et sauf.

Une fois à terre, il s'agenouilla à côté du corps immobile et complétement inanimé de l'ex-pendu, et, après une seconde de réflexion, il murmura :

— Je commence à croire que ce n'était guère la peine de perdre ma poudre et mon unique balle pour essayer de sauver un mort !

Rien, en effet, ne ressemblait plus complétement à un cadavre que le personnage couché tout de son long sur la terre.

Le ton pourpre du visage était devenu de plus en plus sombre.

Les lèvres tuméfiées offraient une couleur d'un violet rougeâtre.

Les yeux, largement ouverts, mais sans regard et presque sortis de leurs orbites, s'injectaient de sang.

Le bout de la langue dépassait les dents et pendait sur la lèvre inférieure.

On sait généralement que rien au monde n'est plus hideux qu'un pendu.

Celui dont nous venons de faire la connaissance ne devait certes point passer pour une exception !

Le jeune homme, en le regardant de près, ne put retenir un mouvement de répulsion et de dégoût.

— Sapristi ! — se dit-il, — quel oiseau de vilaine mine ! Quand on a le malheur d'avoir une pareille tête sur les épaules, et d'offrir un tel visage aux regards peu charmés de ses contemporains, il est clair comme le jour que ce qu'on a de mieux à faire est de se pendre !

Malgré ces réflexions, peut-être justes, mais peu flatteuses pour le pendu, l'habitant de la rue du Rocher, agissant comme si la dernière étincelle de vie ne s'était pas retirée du corps, ne laissa point son œuvre incomplète.

Il commença par détacher tout à fait le nœud coulant qui serrait le cou...

La sinistre cravate avait laissé son empreinte livide sur la chair bleuâtre et meurtrie...

Aussitôt que la corde eut relâché son étreinte mortelle, la teinte noire du visage pâlit, comme si la circulation du sang, un instant interrompue, se rétablissait.

Le jeune homme écarta la chemise et appuya sa main sur le cœur...

Il lui sembla sentir un battement faible, léger, à peine distinct.

A deux reprises, il renouvela cette expérience.

La seconde fois, le doute lui devint impossible.

Il n'y avait pas à s'y tromper... — le cœur battait — la vie existait encore.

— Allons ! — murmura-t-il, — il paraît que je suis arrivé à temps !...

Cependant l'évanouissement continuait et menaçait de se prolonger.

Afin d'y couper court notre personnage, après avoir fouillé dans la redingote de l'inconnu pour y prendre son mouchoir de poche, sortit du fourré, traversa la pelouse et l'allée circulaire, et descendit sur la rive du lac, où il trempa dans l'eau le tissu de toile fine...

V

LES RÉSULTATS D'UN SAUVETAGE

Au bout d'un peu moins d'une minute, le sauveteur improvisé était de retour avec le mouchoir largement imbibé d'eau fraîche.

Il s'agenouilla pour la seconde fois auprès du corps toujours inanimé et il appliqua sur le visage le tissu ruisselant.

Le résultat de cette médication si simple ne se fit pas attendre et dépassa les espérances de celui qui la mettait en œuvre.

Le contact de l'étoffe mouillée et glaciale produisit une réaction à tel point rapide que nous pourrions l'appeler électrique.

L'ex-pendu tressaillit de tous ses membres, comme

un cadavre soumis à la décharge d'une pile de Volta.

Ses yeux roulèrent dans leurs orbites avec une vélocité prodigieuse.

Un soupir étouffé, qui ressemblait à un rauque gémissement, s'échappa de ses lèvres violacées.

Son torse se souleva par un mouvement brusque, mais la force lui manqua sans doute aussitôt, car il retomba en arrière sur le gazon...

La vie était revenue, mais l'énergie physique faisait encore défaut.

Le jeune homme de la rue du Rocher prit le corps dans ses bras, et, le portant à quelques pas en arrière, l'adossa contre le tronc de ce même arbre, auquel, trois minutes auparavant, il pendait comme un fruit monstrueux.

—Monsieur, — demanda-t-il à l'ex-suicidé, — comment vous trouvez-vous?

Les yeux du personnage ainsi interpellé continuèrent à rouler avec une rapidité toujours croissante, mais il ne répondit rien et ses lèvres ne s'agitèrent même pas.

Evidemment il n'avait pas entendu la question de son sauveteur, et la conscience de son brusque retour à la vie lui faisait encore complétement défaut.

— Attendons.... — se dit le jeune homme, — je n'ai présentement rien de mieux à faire, puisque mon pistolet vide ne saurait désormais me rendre le service que je comptais réclamer de lui...

Il s'appuya donc contre le tronc d'un arbre voisin, et il se mit à examiner l'ex-pendu avec plus de soin et d'attention qu'il n'avait pu le faire jusqu'à ce moment.

Le premier coup d'œil — (nos lecteurs se le rappellent peut-être) — avait suscité chez lui un mouvement de répulsion ..

Le résultat de l'examen attentif fut moins favorable encore à celui qui en était l'objet.

Un rapide croquis fera comprendre cette impression, nous nous permettons du moins de le croire.

Figurez-vous un homme d'une taille moyenne et d'un embonpoint trop développé...

Son cou était un cou de taureau.

Ses épaules semblaient destinées à un torse de géant...

Ses mains larges et courtes offraient des doigts boudinés...

Ses pieds présentaient des dimensions absolument invraisemblables.

L'aspect de ces membres disproportionnés, que gonflait une graisse malsaine, faisait involontairement penser aux grotesques *poussahs* en baudruche, remplis de gaz, qui s'élèvent dans les airs au bout d'une ficelle, comme des ballons captifs, et sont une des grandes joies de l'enfance.

L'ensemble du personnage que nous décrivons n'aurait été que difforme et ridicule, si le visage, d'une étrange et terrible laideur, n'avait suffi pour le rendre presque effrayant.

Ce visage, cramoisi tout à l'heure et maintenant blafard, large comme la lune dans son plein, couronné par un crâne luisant et parfaitement chauve, sauf deux touffes de cheveux grisonnants et crépus au-dessus des tempes, — ce visage, disons-nous, offrait des méplats sinistres et des plis de mauvais augure...

Les yeux, très-gros, ronds comme des yeux de hibou et d'un gris pâle, ombragés par d'énormes sourcils en broussailles, devaient avoir habituellement une expression haineuse et menaçante.

Le nez, long, mince et crochu, aux narines serrées, offrait une frappante analogie avec le bec d'un oiseau de proie.

La bouche était d'un dessin ignoble. — Les lèvres, en s'écartant, laissaient voir des dents pointues, écartées, et d'un blanc jaunâtre.

Le menton, court et fuyant, n'existait pour ainsi dire pas. Il se confondait avec les boursouflures du cou, rappelant en cela les bustes de Vitellius et de Caracalla.

Chacune des rides de cette figure semblait renfermer un vice, une passion criminelle, quelque chose de honteux et d'infâme.

Après avoir analysé rapidement les détails que nous venons de décrire, le jeune homme blond passa à l'examen du costume.

Évidemment l'ex-pendu n'avait point été poussé au suicide par la misère.

Un seul regard suffisait pour en fournir la preuve matérielle et irrécusable.

Le costume était d'une élégance, ou plutôt d'une opulence prétentieuse qui produisait le plus étrange effet, à cette heure matinale, sur le gazon du bois de Boulogne.

Une épingle de diamants, finement montée par quelque joaillier en renom, attachait sur la poitrine les plis d'une chemise de toile de Hollande brodée à outrance comme une chemisette de femme.

Le gilet était de cachemire bleu, non moins amplement brodé.

Sur ce gilet ruisselaient les anneaux d'une chaîne d'or, ou plutôt d'un *câble* qui devait représenter, rien qu'au poids, une valeur d'au moins cent louis.

Des boutons d'or étincelants, et d'une largeur inusitée, *illustraient* l'habit, du drap bleu le plus fin qu'eussent pu produire les fabriques célèbres d'Elbeuf ou de Sedan.

Un objet invisible, mais qui sans doute devait être un volumineux porte-monnaie, gonflait la poche droite du gilet.

Une douzaine de bagues, ornées de rubis, de diamants, de saphirs et d'émeraudes, constellaient les
phalanges épaisses des doigts courts et boudinés que
nous connaissons.

Les bottes vernies, parfaitement neuves et à tiges
de maroquin rouge, comprimaient avec violence les
bourrelets de chair des pieds volumineux qu'elles
contenaient.

Quand nous aurons parlé du chapeau de soie, haut
de forme et à larges ailes très-cambrées, posé sur le
gazon et qui, le premier, avait attiré l'attention du
jeune homme blond, — quand nous aurons dit que le
portefeuille placé à côté de ce chapeau était en maroquin rouge à fermoir d'or — (à coup sûr, l'ex-
pendu affectionnait l'or !) — il nous semble qu'il ne
nous restera rien à ajouter.

Et, en effet, nous allons, sans plus tarder, reprendre notre récit.

Tandis que l'hôte de la rue du Rocher se livrait
aux investigations qui précèdent et qui lui demandèrent deux ou trois minutes, le gros homme avait
repris par degrés, quoique d'une manière encore
vague et incomplète, le sentiment de l'existence qui
venait de lui être rendue.

Ses yeux, au lieu de continuer leur mouvement de
rotation frénétique, se fixèrent sur le jeune homme
qui, debout en face de lui, le regardait avec une attention pleine de curiosité.

Ce dernier répéta la question restée sans réponse un instant auparavant.

— Eh bien ! monsieur, — dit-il, — comment vous trouvez-vous?...

Le gros homme fit sur lui-même un effort violent et balbutia d'une voix rauque, étranglée, à peine distincte, — enfin, une véritable voix de pendu :

— Suis-je chez le diable?

Un sourire d'une expression bizarre vint aux lèvres du jeune homme blond.

— Chez le diable? — répéta-il d'un ton sarcastique, — vous en pouvez jurer hardiment, monsieur, puisque vous êtes sur cette terre et que le diable est le maître du monde!...

L'ex-pendu ne parut comprendre que médiocrement ces paroles humoristiques.

Il porta la main à son cou tuméfié, que cerclait une meurtrissure livide du plus hideux aspect, et il reprit, de sa même voix, ou plutôt de son même râle de polichinelle enrhumé :

— Je souffre... — un collier de feu me déchire et me brûle..., — qu'ai-je donc ?

— Ce que vous avez? — répliqua le jeune homme blond. — Ah! pardieu, c'est bien simple!.... vous avez autour du cou la morsure de la corde au bout de laquelle vous frétilliez tout à l'heure...

— La corde... — répéta le second personnage d'un air égaré, — qui parle de corde?...

— Moi...

— Pourquoi?... — Que voulez-vous dire?...

— Je veux dire que vous vous êtes pendu...

L'ex-suicidé pencha la tête sur sa poitrine et parut fouiller avec obstination, pendant quelques secondes, les cases rebelles de sa mémoire.

A la fin, son regard s'éclaira d'une vague lueur.

— Oui... c'est vrai... — murmura-t-il, — je me souviens... j'ai pris un parti... un grand parti... — je suis homme de volonté ferme... j'ai résolu de me pendre et je me suis pendu...

— Vos souvenirs sont parfaitement exacts, je me plais à le déclarer !... — dit le jeune homme blond; — j'ajouterai que vous aviez fait les choses en conscience, et que votre pendaison était complétement réussie...

— Mais alors, — continua le suicidé, dont une brume épaisse enveloppait encore les idées, — mais alors, puisque je me suis si bien pendu, je dois être mort...

— La conclusion ne brille point absolument par la justesse... — interrompit avec un sourire l'habitant de la rue du Rocher, — mais ce manque de logique me paraît excusable dans la situation où je vous vois... — vous auriez en effet les raisons les meilleures du monde pour être parfaitement trépassé, et cependant vous voilà vivant...

— De par tous les diables, comment cela se fait-il ?

Pourquoi suis-je vivant quand je devrais être mort?

— Parce qu'on vous a sauvé juste au bon moment...

— Si la corde avait été coupée une demi-minute plus tard il eût été trop tard.

Un éclair fauve passa dans les yeux ronds du gros homme.

— On a coupé la corde !... — s'écria-t-il.

— Mon Dieu, oui.

— Et qui a fait cela?

— Moi, mon cher monsieur, pour vous servir, — répondit le jeune homme blond en saluant.

Certes, après avoir prononcé ces mots, il s'attendait à entendre les expressions chaleureuses de la reconnaissance la plus vive, et il se préparait à les accueillir avec une modestie de bon goût.

Il fut vite et complétement détrompé.

Le visage livide du gros homme s'empourpra soudainement. Ses yeux semblèrent près de jaillir de leurs orbites et prirent l'expression farouche, ou plutôt féroce, des yeux d'un bouledogue à qui l'on veut arracher l'os qu'il dévore.

Une sorte de rugissement intérieur expira sur ses lèvres, et de sa voix rauque, où grondaient toutes les menaces de la colère, il s'écria, en formulant au début de sa phrase un blasphème à tel point énergique que nous n'osons le reproduire ici :

— Ah ! c'est vous qui avez fait cela ! Et vous en êtes

tout fier, sans doute ! et vous vous en vantez ! et vous
venez quêter peut-être un remercîment et une récompense !

— Monsieur, — interrompit le jeune homme blond
avec hauteur, — il me semble que je ne vous demande rien !

— C'est fort heureux, ma foi ! — reprit furieusement
le suicidé. — Eh bien, si vous ne me demandez rien,
je vous demande, moi, quel motif a pu vous pousser à
cette belle œuvre ?... quel sentiment vous a fait agir ?

— L'humanité, — commença le jeune homme.

— Comment dites-vous ? — interrompit le suicidé
en ricanant.

— Je dis l'humanité.

— Mot absurde et vide de sens.

— Pour vous, c'est possible, mais non pour moi,
qui n'ai pu voir un de mes semblables à l'agonie sans
me sentir entraîné, presque malgré moi, à lui porter
secours.

— C'est absurde et c'est bête... — Cette humanité
ridicule, cet entraînement prétendu, ne vous donnaient, ne pouvaient vous donner le droit de vous
mêler de mes affaires.

— Vous avez peut-être raison, mais je vous répète
que j'ai agi machinalement, instinctivement, sans
réflexion.

— Eh ! de par tous les diables, jeune sot, il fallait
réfléchir !... — Vous figurez-vous, par hasard, qu'un

3.

gaillard qui se pend, par un beau matin de septembre,
à un arbre du bois de Boulogne, n'a pas, pour en agir
ainsi, de sérieux motifs?

— Mordieu! monsieur, — s'écria le jeune homme,
que la colère envahissait à son tour, — je commence
par vous déclarer que je n'accepte point l'épithète de
sot dont vous venez de me gratifier très-imperti-
nemment.

— Acceptez-la ou ne l'acceptez pas, cela m'est fort
égal, je vous jure.

— J'ajouterai que si vous êtes mécontent de ce que
j'ai fait, rien ne vous empêche de recommencer... la
corde est encore assez longue et vous pouvez compter
que cette fois je vous laisserai agir à votre fantaisie.

— Vraiment, c'est bientôt dit! — Recommencer ce
qui serait fini!... — Avaler deux fois de suite, grâce
à vous, une pilule amère dont à l'heure qu'il est je ne
sentirais plus le goût! — Voilà ce que me vaut votre
humanité, mon petit monsieur. — Eh bien, non-seulement vous êtes un sot et un maladroit, je vous le
répète, mais encore vous venez d'user vis-à-vis de
moi de procédés indignes, inqualifiables, que je n'accepte point et dont j'exige la réparation...

— Comment l'entendez-vous?

— Eh! de par tous les diables! je l'entends comme
il faut l'entendre: nous allons nous couper la gorge!...

En entendant cette provocation si bizarre, si inattendue, le jeune homme blond ne put contenir un énorme et bruyant éclat de rire.

L'ex-pendu le regarda d'un air stupéfait et lui demanda:

— Est-ce que vous refusez, par hasard?

— Moi, refuser!... — Allons donc! — Pour qui me prenez-vous? — Je suis tout prêt, au contraire; et fort joyeux, je vous l'affirme, de la partie que vous m'offrez.

— Dans ce cas, pourquoi riez-vous si fort?

— Parce que la situation me semble drôle, — répondit l'hôte de la rue du Rocher en riant toujours.

La situation était comique en effet.

Un double projet de suicide se métamorphosant soudainement en un duel improvisé, cela valait bien un éclat de rire.

L'ex-pendu fronça les sourcils, et ses lèvres s'entr'ouvrirent, sans doute dans l'intention de laisser échapper de nouveau quelque énorme et hideux blasphème...

Il se contint cependant, il garda le silence, baissa la tête et parut réfléchir.

Au bout d'une ou deux secondes la contraction de ses sourcils s'effaça...

Son regard menaçant devint plus calme.

Son visage perdit en partie sa remarquable expression de férocité bestiale; — une sorte de sourire sembla même errer sur ses lèvres...

— Ah çà! — demanda-t-il tout à coup, — quel
diable d'âge pouvez-vous avoir?...

— Que vous importe? — répliqua le jeune homme
blond.

— C'est juste, — je me mêle de ce qui ne me regarde pas...' — Il paraît que vous êtes brave...

— Vous saurez pertinemment, tout à l'heure, à
quoi vous en tenir à mon égard...

— Vous êtes fort à l'épée, sans doute?...

— Je n'ai de ma vie mis le pied dans une salle
d'armes...

— Vous tirez bien le pistolet, du moins?...

— Ni bien ni mal, — comme tout le monde...

— Et cependant vous vous prétendez joyeux d'ac -
cepter la partie que je vous propose?...

— Cette partie m'enchante, je l'avoue...

— Jeune homme, cela tient à ce que vous ignorez
deux choses...

— Lesquelles?

— La première, c'est que je suis de taille, un fleuret
à la main, à boutonner Grisier lui-même, ou son neveu, qui ne lui cède en rien...

— Après?...

— La seconde, c'est qu'à quarante pas, et neuf fois
sur dix, je coupe une balle en deux parties égales
sur une lame de couteau...

— Qu'est-ce que vous voulez que cela me fasse?

— Cela doit vous faire quelque chose, si vous avez,

comme je le suppose, l'intelligence de comprendre qu'il y a deux mille contre un à parier que je vais vous tuer.

— Je comprends cela à merveille.

— Et vous n'hésitez pas ?

— Non-seulement je n'hésite pas, mais cette perspective me séduit tout à fait.

— Forfanterie ou bravade !

— Vérité pure, je vous l'affirme.

— Vous n'avez donc pas peur de mourir ?...

— A cette question je répondrai par une autre question... Savez-vous ce que je venais faire ici ce matin ?

— Non, ma foi !... — Que veniez-vous faire ?

— La même chose que vous.

— Vous tuer ?

— Parfaitement.

— Quelle plaisanterie !

— Voulez-vous la preuve que je ne plaisante en aucune façon ?

— Donnez.

Le jeune homme blond se baissa et ramassa le vieux petit pistolet tombé sur le gazon au pied du gros arbre.

— La preuve demandée... — dit-il en présentant l'arme au gros homme.

— Je ne comprends pas... — fit ce dernier.

— Le pistolet que voici et dont je me suis servi, à

défaut d'instrument tranchant, pour couper la corde
au bout de laquelle vous vous balanciez, tout en faisant, je vous le jure, une grimace fort laide, était destiné à me faire sauter la cervelle. — Si je ne vous
avais pas rencontré et dépendu, mon suicide serait
présentement un fait accompli. — Or, comme il reste
toujours un peu de faiblesse humaine au fond de
l'âme la mieux trempée, je ne vous dissimule pas
qu'il me semble infiniment plus agréable d'être tué
par vous tout à l'heure, à charge de revanche, bien
entendu, que d'appuyer moi-même sur ma tempe le
canon d'un pistolet, et de presser la détente.

— Ma foi, vous êtes dans le vrai... — Je comprends
vos raisons, je les trouve bonnes, et je vous rendrai
bien volontiers le petit service en question... — Nous
allons donc nous battre au pistolet, à dix pas ; nous
ferons nécessairement coup double, car enfin vous devez être assez adroit pour ne pas manquer un homme
à dix pas, et nous tomberons roides morts chacun
de notre côté... — Cela vous convient-il ainsi?...

— Cela me convient le mieux du monde.

— Par conséquent, c'est convenu ?

— Oui.

— Eh bien ! allons chercher des armes... — mais,
auparavant, je voudrais satisfaire ma curiosité en
vous adressant une question...

— Rien ne vous en empêche, ce me semble... .

— Répondrez-vous à cette question?...

— Peut-être... si elle ne me semble pas trop indiscrète...

— La voici : — Quels sont les motifs impérieux
qui vous poussent, si jeune, au suicide ?

— Ces motifs ne regardent que moi... Il me semble
que vous devez le comprendre...

— C'est parfaitement juste, et je suis loin de le
contester, mais pourquoi ne pas me les dire ? — Vous
êtes pardieu bien certain que je ne répéterai votre secret à personne.

— Qu'avez-vous besoin de connaître ce secret ?

— Mon Dieu, je suis curieux, voilà tout... — D'ailleurs je parierais volontiers que je le devine...

— Vous me permettrez d'en douter...

— Bah ! — quand on cherche la mort, à vingt ans,
c'est qu'il y a de l'amour sous roche...

Le jeune homme blond secoua la tête.

L'ex-pendu poursuivit :

— Ne niez pas ! — Vous avez été trahi par une
maîtresse que vous adoriez, ou quelque autre malheur du même genre vous est arrivé... — et c'est
pour cette bagatelle, pour cette niaiserie, passez-moi
le mot, que la vie vous semble impossible...

— Je vous affirme que vous êtes absolument dans
l'erreur...

— Alors vous avez commis l'une de ces innocentes
pecadilles que la justice humaine est assez sotte pour
envisager du mauvais côté, et vous vous réfugiez dans

la mort, à seule fin d'éviter M. le procureur impérial...

— Eh! mon Dieu, je vois cela d'ici... quelque déficit insignifiant dans une caisse à vous confiée... — Rien de plus simple, de plus naturel, et peut-être de plus réparable...

Le jeune homme blond devint pourpre.

— Monsieur, — s'écria-t-il avec une véhémente indignation, — savez-vous bien que vous m'insultez!...

— Je n'en ai, ma foi, nulle envie...

— Une telle accusation !...

— Jeune homme, je ne vous accusais pas... au contraire...

— Que faisiez-vous donc ?

— Je vous excusais de mon mieux.

— En me soupçonnant d'un crime !...

L'ex-pendu haussa les épaules.

— Laissons de côté, — dit-il, — laissons de côté les grands mots qui, pour moi, n'ont pas de sens et pas de valeur... — Vous vous cabrez comme un jeune étalon, parce que j'exprime naïvement quelques conjectures bien innocentes... — Vous avez tort, mais ça vous regarde... — Je serre la bride à ma curiosité... — N'en parlons plus et allons nous battre, puisqu'il vous plaît de vous envelopper dans un impénétrable mystère.

— Qui que vous soyez, monsieur, — dit alors avec une dignité naturelle l'hôte de la rue du Rocher, — et si peu que je doive me soucier de votre opinion, je ne saurais cependant rester une minute de plus sous le poids de vos outrageants soupçons. — Les motifs de ma résolution sont de telle nature qu'ils ne peuvent me faire rougir, — la misère seule me pousse au suicide.

— La misère ! — répéta le gros homme avec un accent de profonde surprise.

— Oui, — la misère à ce point complète et profonde que si je ne mourais pas aujourd'hui d'une balle de pistolet, demain je mourrais de faim... — Il me semble que ceci n'a rien de prodigieux et d'exorbitant... D'où vient donc votre étonnement?

— Mon étonnement vient de ce qu'à voir l'élégance de votre tenue, je vous aurais cru riche...

— *Être et paraître...* dit le proverbe... et le proverbe a raison...

— C'est juste, — mais enfin, à Paris, on ne meurt pas de faim...

— Je suis la preuve du contraire...

— Quand on veut absolument gagner de l'argent, on en gagne... — il y a pour cela d'innombrables moyens...

— Ces moyens ne se sont point offerts à moi, ou je n'ai pas voulu les employer... abstenez-vous donc, je vous en prie, monsieur, de chercher plus longtemps à pénétrer dans les détails de ma vie privée...

— Loin de moi cette pensée... Vous avez fait ce

qu'il vous a convenu de faire... c'est au mieux... —
Maintenant, allons chercher des armes...

— Où en trouverons-nous?

— Un peu loin d'ici, par malheur... — Il nous faudra remonter l'avenue de l'Impératrice dans toute sa
longueur et redescendre les Champs-Elysées jusqu'au
rond-point... — L'arquebusier le plus proche est Gastinne Renette, avenue d'Antin...

— Eh bien, en route, et battons-nous...

— Pourvu qu'à cette heure matinale nous trouvions
sur les bords du lac quelque voiture de régie en ma-
raude!... — Je vous prie de croire que je ne suis point
venu jusqu'ici à pied !... — Vous voyez en moi le
plus détestable marcheur qui soit sur la terre... — Il
me faudrait plus d'une heure, j'en suis sûr, pour arriver à l'avenue d'Antin...

L'ex-pendu ramassa son chapeau, le plaça sur
sa tête et se mit lentement en marche pour sortir du
fourré.

Au moment d'en atteindre la lisière, le jeune
homme blond tourna la tête en arrière et jeta un dernier regard sur le lieu qui venait d'être le théâtre
d'une scène incontestablement originale.

Un point rouge, visible au milieu des vertes touffes
de gazon, frappa ses yeux.

— Monsieur, — dit-il au gros homme, — je crois
bien que vous venez d'oublier là-bas votre portefeuille.

— En effet, — répliqua l'ex-pendu après avoir fouillé sa poche de côté. — De par tous les diables, vous avez des yeux parfaits!...

Et il fit mine de retourner en arrière, d'un véritable pas d'éléphant.

— Laissez, monsieur, — reprit le jeune homme blond, — je vais le ramasser et vous le rendre...

— J'accepte et vous remercie...

Au bout d'une seconde, le portefeuille rouge se retrouvait dans les mains de l'ex-pendu.

— Vous venez de faire perdre une assez belle aubaine à celui des gardes du bois qui serait le premier entré dans ce fourré, — dit le gros homme avec un sourire.

— Que contient donc ce portefeuille?...

— Oh! une bagatelle... — Regardez.

Le ressuscité fit jouer le fermoir d'or.

Le jeune homme blond glissa son regard dans les plis du maroquin entr'ouvert, et ne put réprimer un mouvement de surprise, en apercevant une masse très-considérable de billets de banque, pliés de manière à tenir aussi peu de place que possible et remplissant néanmoins les deux poches qu'ils menaçaient de faire éclater.

— Mais, monsieur, — s'écria-t-il ensuite, — il y a là une somme énorme!...

— Oh! mon Dieu, non... — répliqua le gros homme

d'un ton dégagé, — cent mille francs tout au
plus...

— Cent mille francs !... — répéta avec une sorte
d'éblouissement le jeune homme blond, à qui ce
chiffre semblait colossal.

— Mon Dieu, oui, — fit l'ex-pendu, — une bagatelle, je vous l'ai déjà dit...

— Eh quoi, cent mille francs vous semblent une
bagatelle ?

— Que vous semblent-ils donc à vous ?

— Une fortune.

— Comment, jeune homme, vous vous conten-
teriez de si peu ?...

— Certes !... — avec une pareille somme je me
croirais riche...

— En vérité, vos ambitions sont mesquines !...
— cent mille francs ne sont rien pour moi...

— Vous êtes donc bien riche ?...

— Je suis riche, en effet... oui... très-riche.

— Et cependant vous voulez mourir ?

— Mon Dieu, oui. — Ce qui doit vous prouver
bien clairement que *la fortune ne fait pas le bonheur.*
— Vous voyez que moi aussi je cite au besoin des
proverbes... — *La sagesse des nations* luit pour tout
le monde...

Un instant de silence suivit ces derniers mots.

Depuis que le jeune homme blond savait l'ex-pendu
possesseur d'une fortune immense, instinctivement

et presque à son insu il le regardait avec un respect involontaire.

Il ne le trouvait plus ni si laid, ni si vulgaire, ni si grotesque en sa tournure.

L'ignoble expression du visage blafard qu'il avait sous les yeux, lui semblait avoir cédé la place à une forte dose de majesté.

La chaîne de montre, l'épingle en diamants, les bagues sans nombre ne choquaient plus ses regards comme un fastueux et ridicule étalage.

Que voulez-vous?

Le temps des génies, des fées, des prodiges de toutes sortes, est bien loin de nous.

Il n'existe plus aujourd'hui qu'une seule baguette magique, mais sa puissance est surnaturelle.

Il n'existe qu'un talisman unique, mais ses vertus sont infinies.

Cette baguette et ce talisman, c'est l'or.

Notre époque est sceptique et ne croit plus à rien qu'à la divinité de l'or.

Le veau d'or est le dieu du monde!

Tout objet, quel qu'il soit, que le précieux métal illumine de ses reflets, change à l'instant d'aspect et se métamorphose.

S'il était laid, il devient beau.

S'il était sombre, il devient lumineux.

S'il était infâme, il devient sublime.

L'hôte de la rue du Rocher subissait la loi com-

mune... — du fond de sa pauvreté sinistre les rayonnements de l'or l'aveuglaient!...

Ce fut l'ex-pendu qui reprit la parole.

Il s'était aperçu sans peine de ce qui venait de se
passer dans l'esprit de son compagnon; — il en pro-
fita pour prendre avec lui, tout aussitôt, un certain
ton de supériorité qui fut accepté sans conteste.

— Jeune homme, — dit-il.

— Monsieur?...

— Voulez-vous êtes franc avec moi?

— Pourquoi non !...

— Et répondre sans tergiverser à une ou deux
questions que je vais vous adresser tout bêtement?...

— Pourquoi pas?...

— Et bien ! avant de trancher la corde qui me
soutenait entre la vie et la mort, aviez-vous vu le
portefeuille tombé à mes pieds?...

— Oui.

— L'aviez-vous ouvert?

— Non.

— Vous doutiez-vous de ce qu'il contenait?

— En aucune façon.

— A merveille. — Dans ce cas, refusez-vous de
convenir que, si vous aviez été mieux renseigné à
cet égard, les choses qui viennent d'avoir lieu céans
ne se seraient certainement point passées de la
même façon...

— Que voulez-vous dire?

— Je veux dire qu'un dénoûment absolument dif-

férent aurait sans aucun doute terminé cette aventure...

— Quel dénoûment ?

— Celui-ci : — au moment où je vous parle, je me
balancerais plus que jamais au bout de ma corde
intacte, et le portefeuille rouge serait dans votre
poche.

Cette même indignation honnête et loyale, qu'une
fois déjà nous avons eu l'occasion de constater,
empourpra de nouveau les joues et le front du jeune
homme

Il se plaça bien en face de l'ex-pendu, et croi-
sant ses deux bras sur sa poitrine, il lui dit, en le regardant de haut en bas :

— Ah çà! monsieur, savez-vous bien que je vais
finir par croire que vous êtes le plus grand coquin
du monde ?...

Le gros homme ne sourcilla point.

— Et pourquoi donc croiriez-vous cela, s'il vous
plaît ?... — demanda-t-il.

— Parce qu'un coquin seul peut trouver tout
simple d'insulter un homme qu'il ne connaît pas,
en l'accusant gratuitement, naïvement en quelque
sorte, des plus honteuses infamies...

— De par tous les diables, jeune homme, — s'é-
cria l'ex-pendu en frappant du pied avec impatience,
— vous avez l'esprit mal bâti et la rétorque trop
acidulée! — C'est une monomanie, chez vous, de

voir partout des accusations attentatoires à votre dignité et à votre honneur ! Qu'ai-je pu dire de blessant pour vous ?

— Mais il me semble...

— Il vous semble mal... — Avez-vous, par hasard, reçu de Dieu ou du diable la mission saugrenue de décrocher les pendus que vous rencontrerez ? — Ne pouvez-vous, sous peine de félonie et d'indignité, manquer à cette fonction de sauveteur non médaillé?... — Où donc, s'il vous plaît, serait le crime de m'avoir laissé tranquillement trancher le nœud gordien de ma vie, comme j'en avais la ferme intention, et d'avoir mis dans votre poche un portefe*ill*e qui n'appartenait plus à personne?...

— Vous demandez où serait le crime?...

— Sans doute...

— Il serait dans l'action abominable que vous venez de signaler vous-même...

— Définissez-la, cette action, si vous pouvez...

— Comment l'appelez-vous ?

— Oh! c'est facile ! — je l'appelle *dépouiller un agonisant!*...

— Je l'appelle, moi, *hériter d'un mort*, ce qui, comme vous voyez, n'est pas du tout la même chose... — Qu'avez-vous à répondre à cela, jeune homme?...

— J'ai à répondre que vous avez la conscience large et le morale facile...

— Qu'importe, s'il en doit résulter quelque bien

pour mon semblable!... — Or, il en serait résulté
pour vous la possession de cent mille francs, et la
possibilité de vivre, ce qui n'eût pas été, ce me
semble, un adoucissement médiocre à la situation
où vous vous trouvez...

— Monsieur, — interrompit le jeune homme avec
véhémence, — à quoi bon prolonger des sophismes
qui ne peuvent ni me troubler, ni m'ébranler?...
— J'ai le jugement sain et la raison droite... — tout
ce qui est faux me dégoûte, tout ce qui est mal me
fait horreur... — Vous ne viendrez pas à bout de me
persuader qu'en certaines circonstances exception-
nelles il devient permis et légitime de s'emparer d'un
bien qui ne vous appartient pas... — Vous perdrez
votre temps et vos paroles ! — Cessez donc, et allons-nous battre.

— Vous tenez décidément beaucoup, jeune homme,
à ce petit combat singulier?...

— Je tiens énormément à en finir...

— Eh bien, que votre volonté soit faite.

— Allons...

Les deux hommes quittèrent le fourré d'où, selon
toute vraisemblance, ni l'un ni l'autre n'auraient dû
sortir vivant.

Ils traversèrent l'étroite pelouse placée sur la lisière du taillis et ils se trouvèrent dans l'allée circulaire qui s'unit, par de savantes ellipses, aux gracieux
contours des lacs.

L'ex-pendu fit halte en cet endroit.

Un long soupir s'exhala de sa poitrine, tandis qu'il interrogeait d'un œil désolé les profondeurs de l'horizon, à sa droite et à sa gauche, c'est-à-dire dans la direction de l'avenue de l'Impératrice et dans celle de la butte Mortemart.

Aussi loin que le regard pouvait s'étendre, aucun véhicule de remise ou de place n'apparaissait sur la poussière du macadam que tant de splendides équipages devaient fouler quelques heures plus tard, en promenant au Bois les riches et les heureux de ce monde.

L'ex-pendu poussa un nouveau soupir, plus prolongé et plus douloureux encore que le premier.

— Qu'avez-vous donc? — lui demanda le jeune homme blond.

— Ce que j'ai?

— Oui.

— J'ai que je ne vois rien venir, ni coupé, ni fiacre, ni citadine, et que nous allons être obligés de faire une lieue et demie à pied...

— Eh bien, le malheur n'est pas si grand...

— Cela vous plaît à dire, mais je vous ai prévenu déjà que j'étais le plus mauvais marcheur qui soit dans l'univers entier... — Avant d'arriver au rond-point des Champs-Elysées, j'aurai les pieds abominablement meurtris...

— Franchement, mon cher monsieur, qu'importe?...

— Il importe beaucoup...

— Bah! vous aurez tout le temps de vous reposer.

— Quand donc?

— Quand vous serez couché tranquillement à six pieds sous terre.

— Grand merci de la perspective!...

— Il me semble qu'elle est le dénoûment obligé de nos petit projets...

— Oui et non... je veux bien quitter ce monde au plus vite, mais j'en veux partir confortablement et sans lassitude... — Mourir épuisé de fatigue, entre nous c'est à me dégoûter de la mort!!...

— Comment donc faire?...

— Il me semble que j'ai une idée...

— Voyons...

— De jolis bancs, parfaitement commodes, sont échelonnés à de courtes distances les uns des autres le long des rives du lac, — vous les voyez aussi bien que moi... — Asseyons-nous sur l'un de ces bancs et attendons qu'une voiture vienne à passer... — Hein... que dites-vous de cela?...

— Je dis que je refuse...

— Vous refusez!!... — répéta l'ex-pendu d'un ton de surprise manifeste.

— Avec enthousiasme!...

— Pourquoi?...

— Parce que j'ai des nerfs, mon cher monsieur, et que, si ferme et si inébranlable que soit ma décision, il me paraît plus intolérable encore de voir s'écouler les minutes et la mort s'éloigner, qu'à vous d'appeler vainement une voiture qui s'obstine à ne point passer... — Finissons-en donc, sacredieu !... finissons-en tout de suite !... — Je ne me donne pas pour être un homme de bronze ou d'acier !... — J'ai la fièvre ! — je souffre... — je veux me battre à l'instant, à l'instant même !... — votre mollesse n'est que lâcheté ! venez... suivez-moi... il le faut...

Pendant une ou deux secondes l'ex-pendu hésita.

— Il me vient une seconde idée... — dit-il enfin.

VI

LE PAVILLON D'ARMENONVILLE

Le jeune homme blond que nous mettons en scène, nos lecteurs doivent le comprendre sans peine, se trouvait dans une disposition d'esprit singulièrement assombrie.

Sa résolution de suicide étant prise d'une manière qui lui semblait irrévocable, il avait hâte de se débarrasser de la vie et de se coucher dans la tombe, comme un voyageur fatigué rêve la halte du soir et le tranquille sommeil d'un lit réparateur.

Cependant l'originalité de son compagnon était si vive, si frappante, qu'elle le conduisait d'étonnement en étonnement, et que plus d'une fois depuis le dé-

4.

but de l'entretien elle avait réussi à le distraire de la situation.

En écoutant les paroles qui terminent le précédent chapitre, l'hôte de la rue du Rocher fut stupéfait d'abord ; puis, au lieu de s'emporter, ainsi que la chose paraissait vraisemblable, il finit par sourire involontairement.

— Encore une idée !!... — s'écria-t-il. — Ah ! monsieur, il me semble que vous en avez beaucoup ce matin.

— Je n'en ai pas seulement ce matin, — répliqua l'ex-pendu, — j'en ai beaucoup toujours.

— Tant mieux pour vous.

— Et pour vous aussi, mon jeune ami.

— Comment, pour moi ?

— Eh ! sans doute, car j'ai la conviction que ma dernière idée est bonne, et, à moins d'une complète erreur de ma part, je crois pouvoir affirmer qu'elle vous semblera telle.

— Faites-moi connaître cette idée et nous verrons après.

— Avez-vous déjeuné, jeune homme ?... — demanda brusquement l'ex-pendu.

L'hôte de la rue du Rocher tressaillit.

— Une telle question !... murmura-t-il.

— Je la répète : avez-vous déjeuné ?

— Eh bien ! non.

— A la bonne heure, au moins, c'est de la fran-

chise... — J'aurais dû m'en douter, d'ailleurs, car,
il n'y a qu'un instant, vous avez parlé de la misère
qui vous condamnait à mourir de faim...

— Monsieur!!!...

— Chut!... chut!.. — Ne vous emportez pas et
écoutez-moi tranquillement... — Je sais ce que je
voulais savoir... — Vous êtes à jeun, exactement
comme moi, car je n'ignorais point que rien au
monde ne trouble la digestion autant que de se
pendre immédiatement après son repas...—Or, je me
sens un grand appétit. — Il est vraisemblable que
vous êtes logé à la même enseigne... — Je vous offre
un déjeuner de première classe... — Voilà mon idée
— Que répondez-vous à cela?...

— Je réponds : A quoi bon?... — Puisque nous
allons mourir tous les deux, il me semble bien inutile de donner satisfaction à notre appétit...

— Ceci est un paradoxe facile à battre en brèche...
— Il n'est jamais inutile de se procurer une jouissance... — Oubliez-vous que les Romains avaient fait
du suicide une volupté?... — Ils s'ouvraient les veines
dans un bain tiède, qu'embaumaient des parfums
choisis, et les sons d'une musique voilée et délicieuse
accompagnaient leurs derniers soupirs... — Imitons
les Romains en quelque chose... — Marchons à la
mort amplement truffés et sous l'empire des joyeuses
excitations du vin de Champagne... — Préparons-
nous gaiement, par le bruit des bouchons qui sau-

tent, à la détonation des pistolets qui tuent !... —
Voyons, est-ce accepté ?

— Soit.

— Bravo ! — Vous devez être un charmant convive.
— De mon côté, une fois à table, je suis d'une folâ-
trerie merveilleuse... — Je bois sec, je vous en pré-
viens, et vous en ferez autant...—peut-être nous gri-
serons-nous...—Mais qu'importe?—Si des libations
trop nombreuses nous rendent le coup d'œil moins
sûr, nous raccourcirons la distance sur le terrain et
nous nous placerons à cinq pas l'un de l'autre; au
besoin, même, nous tirerons à bout portant... —
Allons, jeune homme, en route, et marchons vivement !

— Il paraît, monsieur, que vous retrouvez vos
jambes quand il s'agit d'aller s'attabler !... — dit en
souriant l'hôte de la rue du Rocher.

— Je néglige de relever cette épigramme. — Le
rond-point des Champs-Élysées est à tous les diables
et l'endroit où je vous conduis est près de nous...

— Où me conduisez-vous donc?

— Dans une bonne maison, soyez tranquille... —
Les cuisines suspectes me font peur !... — Nous
allons au pavillon d'Armenonville... — Vous devez
connaître, au moins de nom, cet élégant cabaret. —
On en parle dans toutes les pièces du Palais-Royal et
des Variétés.

— Je le connais mieux que cela... — J'y ai dîné souvent...

— C'est parfait... — Vous savez alors qu'on y mange à merveille, et nous allons y commander un menu de gourmets... — Rapportez-vous-en à moi, jeune homme !... — je veux que vous vous rappeliez dans l'autre monde le dernier repas que vous aurez fait dans ce celui-ci...

L'ex-pendu venait de parler longuement et avec véhémence.

Pendant quelques secondes il respira comme un cachalot qui renouvelle sa provision d'air, puis il se mit en marche dans la direction du pavillon d'Armenonville, aussi vite que le lui permettaient les massives proportions de sa lourde personne.

Mais à peine avait-il fait une dizaine de pas qu'il s'arrêta en prêtant l'oreille.

Le roulement lointain d'une voiture se faisait entendre, et ce roulement cahoteux — (on ne pouvait s'y tromper) — n'était point celui d'un équipage de maître aux *patentes* irréprochables et aux chevaux nerveux et rapides.

Bientôt un nuage de poussière apparut dans la perspective de l'allée circulaire.

Ce nuage se rapprocha lentement et l'ex-pendu put distinguer la caisse ternie d'un vieux coupé de régie, traîné par un vieux cheval blanc pacifique et poussif, que conduisait cahin-caha un vieux cocher malpropre à trogne rouge et bourgeonnée.

Les stores relevés de cette patraque permettaient aux regards curieux de plonger dans l'intérieur.

Cet intérieur était vide.

Sur les coussins de drap déteint et maculé, il n'y avait que de la poussière.

— Le diable me protége!... — murmura l'expendu, dont la figure blafarde exprima la jubilation la plus vive.

Le *berlingot* arrivait en ce moment en face de nos deux personnages.

Le cocher les interrogea du regard.

Sur un signe du gros homme, il arrêta court la malheureuse haridelle qui se tortillait entre les brancards.

— Montez, mes bourgeois,—dit-il, — et vous serez bien menés, c'est moi qui vous en réponds... — La bête ne paye pas de mine, mais pour la course elle vaut un pur sang!...—Je viens de conduire à Boulogne une petite dame qui filait de chez elle en catimini et m'a donné trente sous de pourboire tant elle a trouvé que nous avions crânement marché...

L'ex-pendu ouvrit la portière.

— Montez le premier, — fit-il en s'adressant au jeune homme blond.

Ce dernier obéit sans résistance à cette injonction.

Le gros homme prit place à côté de lui et referma la portière.

— C'est-il à l'heure ou à la course, mes bourgeois? — demanda le cocher en se penchant vers la glace ouverte.

— A l'heure, — répondit le gros homme.

— Suffit. — Où allons-nous, sans vous commander?

— Au pavillon d'Armenonville.

— Connu. — Dans deux minutes on y sera... — Hue, Bichette!!...

Bichette, quoiqu'elle valût un pur sang pour la course, selon son automédon, partit à une allure qui permettait à peine d'espérer qu'elle ne mettrait pas plus d'une heure à parcourir une demi-lieue.

— Monsieur, — dit le jeune homme blond, quand le coupé se fut mis en marche, — pourquoi, puisque votre heureuse étoile vient de vous envoyer la voiture que vous convoitiez si vivement, — pourquoi ne pas nous faire conduire en ligne directe chez Gastinne Renette?...

— Mais, tout simplement parce qu'il vient d'être convenu que nous déjeunions ensemble avant de nous brûler réciproquement la cervelle... — Or, chose convenue, chose due... — Ne revenons jamais sur une résolution prise, surtout quand cette résolution est intelligente...

Le jeune homme ne répondit pas, et le silence

régna pendant quelques minutes entre les deux hôtes du coupé.

Du bord du lac au pavillon d'Armenonville la distance est si courte que la voiture de remise n'employa qu'un quart d'heure à la franchir et s'arrêta devant l'entrée principale de l'établissement cher aux gourmets et aux jolies gourmandes de Paris.

Tout le monde connaît ce restaurant célèbre, célèbre surtout pas sa position délicieuse parmi des bosquets verdoyants sur le bord d'une pièce d'eau transparente qui ressemble à une glace de Venise dans un cadre d'émeraudes...

S'il est vrai, comme nous le croyons, que le plaisir des yeux double le prix des jouissances culinaires, le pavillon d'Armenonville a toutes les chances possibles de faire apprécier au plus haut point les recherches de la gastronomie savante et raisonnée.

Au bruit d'une voiture s'arrêtant devant la porte, trois ou quatre garçons apparurent, un peu étonnés de voir débarquer des clients à cette heure matinale.

— Faudra-t-il servir ces messieurs sous les charmilles ou dans un cabinet ?... — demanda l'un d'eux.

Si le jeune homme blond avait été consulté, sans aucun doute il se serait prononcé pour les charmilles.

Il lui semblait bien autrement agréable de respirer l'air pur, sous une ramée épaisse, que de s'enfermer dans une pièce de six pieds carrés, tendue de papier vert d'eau et décorée d'ornements en carton-pierre.

Mais l'ex-pendu ne prit point son avis et se hâta de répondre au garçon.

— Préparez un cabinet, et donnez-moi un crayon et du papier, — je vais rédiger le menu de notre déjeuner.

Puis se tournant vers son compagnon, il ajouta :

— Sous les charmilles on n'est pas chez soi... — tout le monde vous voit, tout le monde vous entend... —Les curieux et les indiscrets vous observent et vous écoutent, ce que je ne saurais supporter... — Avant une heure ce jardin sera plein de monde, c'est-à-dire d'yeux ouverts et d'oreilles avides... — Dans un cabinet, au contraire, rien ne nous empêchera de causer tout à notre aise et personne ne sera là pour épier et pour commenter nos paroles. — Telle est la raison bonne et valable qui me fait me décider pour un cabinet... Ne trouvez-vous pas que j'ai raison ?...

Pour s'éviter la peine de répondre, l'inconnu de la rue du Rocher fit un signe de tête affirmatif.

Il se demanda bien à lui-même quel mystérieux échange de paroles pouvait et devait avoir lieu entre lui et son étrange compagnon ; mais cette question resta sans réponse et il ne l'adressa point à l'ex-pendu.

Au même instant le garçon reparaissait avec un crayon et une feuille de papier blanc.

VII

DANS UN CABINET PARTICULIER

Avant que dix minutes se fussent écoulées, les deux hommes étaient assis en face l'un de l'autre dans un joli cabinet éclairé par une large fenêtre prenant jour sur la pelouse et sur la pièce d'eau.

Une foule de hors-d'œuvre apéritifs, et deux bouteilles noires et trapues, de l'aspect le plus vénérable, renfermant dans leur flancs du vieux madère et du xérès sec de l'année 1789, couvraient la table et réjouissaient le regard.

— Allons, jeune homme, — dit l'ex-pendu en remplissant le verre mousseline de son convive d'une liqueur jaune et transparente comme de l'ambre en fusion, — ceci est un vieux vin qui mérite les honneurs d'une dégustation sérieuse !... — je le recommande à votre attention... — Comment le trouvez-vous ?

— Parfait !...

— A la bonne heure !... — Je vois que vous vous y connaissez... — Accepterez-vous une tranche de ce bœuf fumé de Hambourg et quelques-uns de ces pickles confits au poivre de Cayenne ?...

— Volontiers...

— Ces condiments de haut goût préparent à merveille les voies digestives, et je veux vous mettre en état de savourer avec ampleur les divers petits plats du déjeuner fin qui va nous être servi céans... — Que diable, jeune homme, égayez-vous !... — Ai-je l'air, moi qui vous parle, d'engendrer la mélancolie ? — Si nous n'avons qu'une heure à vivre, au moins passons-la gaiement !... — Il existe, je crois, une vieille chanson qui dit à peu près cela !... cette chanson a raison !... — Tendez-moi votre verre, mordieu ! et tenez-moi tête carrément... — Le vin du Rhin fera son entrée tout à l'heure... — nous sablerons ensuite un peu de château-Laffitte, retour de l'Inde, — nous continuerons par le clos-Vougeot cachet Ouvrard et nous finirons par le saint-Péray du coteau de Hongrie, de la maison Faure père et fils... — Qu'en dites-vous, jeune homme ? est-ce bien ordonné ?...

— Je ne puis que m'incliner devant vous, monsieur, avec une admiration profonde et sincère...

Le visage boursouflé de l'ex-pendu s'illumina.

Il était facile de voir que l'approbation de son convive chatouillait à l'endroit sensible l'amour-propre du gros homme.

— Oui... oui... — fit-il en s'épanouissant de plus en plus, — je m'entends assez bien à tout cela... — on peut s'en rapporter à moi... — Pour combiner un joli menu et pour établir la progression logique et rationnelle des vins de grands crus, je ne crains personne au monde !...

En cet instant apparurent, sur le seuil du cabinet, le maître d'hôtel et l'un des garçons du pavillon d'Armenonville.

Le garçon apportait les premiers plats du déjeuner.

Le maître d'hôtel, pénétré de respect pour l'auteur d'un menu que Brillat-Savarin, Grimod de la Reynière et l'illustre Carême n'auraient pas désavoué, avait voulu présenter ses humbles hommages à ce gastronome de la grande école, et s'assurer par ses propres yeux que rien ne manquait au service.

Certes, il nous plairait de mettre sous les yeux de nos lecteurs les détails de ce menu digne de tant d'éloges.

Nous y songions, nous allions le faire... mais, au dernier moment, nous avons reculé.

Voici pourquoi :

Lancé sur l'océan de la publicité par un journal

dont les abonnés sont innombrables, ce menu prodigieux pourrait tomber sous des yeux incapables de
le comprendre et de l'apprécier.

Or, quiconque expose les choses saintes à la pro-
fanation, est lui-même un profanateur.

Tel est le motif de notre abstention. — Qui donc
oserait ne l'approuver point ?

Nous irons donc fumer un londrès, si vous le
voulez bien, pendant environ une heure, sous les
ombrages du bois de Boulogne, et nous ne rentrerons
dans le cabinet que lorsque le repas des deux inconnus sera près de toucher à sa fin.

Plusieurs bouteilles vides, symétriquement placées
à droite et à gauche de la table, annonçaient clairement que les deux convives avaient *bu sec* l'un et
l'autre, accomplissant ainsi le programme de l'ex-
pendu.

Ce dernier, dont le visage était resté pâle, mais
dont les yeux étincelaient, et dont le nez rougi avait
l'éclat brûlant d'un rubis, semblait au comble de la
jubilation.

Il *sirotait* à petites gorgées, avec une indicible expression de béatitude, le clos-Vougeot contenu dans
son verre, et de temps en temps il s'interrompait pour
fredonner faux quelques bribes d'un air d'opéra qu'il
rendait à peu près méconnaissable.

La physionomie du jeune homme blond n'offrait
pas un moins complet changement.

Une teinte faiblement rosée colorait ses joues et donnait à ses traits si purs une beauté toute féminine.

Son regard n'exprimait plus la mélancolie résignée de l'homme qui va demander à la mort un asile contre les misères de la vie. Il brillait maintenant, hardi, insouciant, presque moqueur.

Un vague sourire, exempt de toute amertume, soulevait à demi sa lèvre supérieure.

Évidemment, le jeune homme n'était pas ivre, mais non moins évidemment il subissait l'excitation bienfaisante de ces vins généreux que Dieu, dans sa bonté, n'a mis à la portée de l'homme que pour lui permettre d'éloigner de sa pensée, grâce à eux, tous les soucis, et d'oublier momentanément ses chagrins et ses douleurs.

L'absinthe, l'opium et le haschich, nous dira-t-on peut-être, amènent à leur suite des résultats pareils.

Ce serait un blasphème et une hérésie de le répéter et de le croire...

Ils donnent l'ivresse et l'oubli, sans doute... — mais à quel prix, grand Dieu !...

Le haschisch, l'opium et l'absinthe sont des poisons mystérieux ! — Le vin est un souverain dictame !...
— celui-ci vient du ciel, — ceux-là viennent de l'enfer !...

À l'une des extrémités de la table deux bouteilles de vin de Saint-Péray plongeaient jusqu'au goulot dans des rafraîchissoirs en argent remplis de glace.

L'ex-pendu saisit l'une des bouteilles et remplit successivement deux coupes de cristal, merveilleusement minces et fragiles, placées à côté de lui et de son convive.

Ensuite il souleva la sienne, et la heurtant contre celle du jeune homme, il dit d'un ton vif et jovial:

— A votre santé, mon bon !...

— A votre santé !... — répondit machinalement l'hôte de la rue du Rocher.

Les deux coupes furent vidées d'un trait.

Le gros homme, en replaçant la sienne sur la table, se mit à rire aux éclats avec la plus franche bonhomie.

Son convive le regarda d'un air de curiosité manifeste.

— Je comprends... — je comprends... — fit l'ex-pendu ; — vous vous demandez pourquoi je ris... n'est-il pas vrai?...

— J'en conviens, rien n'est plus vrai...

— Un seul mot vous fera partager mon hilarité... — Connaissez-vous rien de plus original et de plus drôle que la situation de deux hommes qui vont dans une heure se brûler réciproquement la cervelle, et qui boivent avec une courtoisie parfaite à la santé l'un de l'autre?... — hein !... c'est amusant, c'est corsé, c'est cocasse !... — Avec ce qui nous arrive on ferait une comédie...

— Dont le dénoûment tournerait singulièrement au mélodrame !... — répondit le jeune homme blond en souriant.

— Est-ce que par hasard le mélodrame n'est pas de votre goût?...

— Je vous avouerai très-volontiers que je préfère la comédie...

— Je suis tout à fait de votre avis, et cette similitude d'opinion m'encourage à vous poser une petite question bien simple...

— J'y répondrai sans hésitation et sans réticence...

— Jeune homme, tenez-vous beaucoup, mais beaucoup à m'égorger de votre propre main et à recevoir la mort de la mienne?...

— Je n'y tiens pas le moins du monde, au contraire...

— Vous n'êtes donc pas avide de mon sang?...

— Quelle plaisanterie ! — Quoique vous m'ayez apostrophé tout d'abord d'une façon un peu plus que leste, je ne vous en garde nullement rancune ; vous me paraissez au fond un bon diable, et si, vos dispositions se sont modifiées, je n'insisterai ni peu ni beaucoup pour vous loger une ou deux balles dans la tête... — Je ne réclamerai même pas de vous le service de me brûler la cervelle, si cette bagatelle vous paraît désagréable, et je ferai mon affaire moi-même.

— Vous êtes décidément un aimable garçon ! — dit l'ex-pendu en reprenant la bouteille de saint-Péray et en remplissant de nouveau les coupes, — à votre santé, mon jeune ami !

— A votre santé, mon cher monsieur.

— Quel joli vin !

— Oh ! charmant, charmant !

Un silence de quelques secondes suivit l'échange de ces dernières répliques.

L'ex-pendu rompit ce silence.

— Parlons raison, — continua-t-il. — Est-ce que votre idée fixe vous poursuit toujours !

— Quelle idée fixe ?

— Celle de vous débarrasser de la vie.

— Sans aucun doute... toujours et plus que jamais.

— Excusez ma franchise, jeune homme, mais voilà qui n'a pas le sens commun.

— Pourquoi donc ?

— Parce que la vie est une bonne chose et qu'il faut, — quand on est intelligent, — s'y cramponner le plus longtemps possible.

— Ah ! par exemple ! — s'écria le jeune homme, — le diable m'emporte si je m'attendais à ceci ! — Vous pouvez vous vanter, mon cher monsieur, de manquer terriblement de logique.

— Le croyez-vous ?

— Pardieu ! — Vous me prêchez en ce moment l'amour de la vie, avec une éloquence convaincue, et vous vouliez vous battre avec moi, il y a deux heures à peine, parce que j'ai coupé la corde qui vous lançait dans l'éternité.

— Savez-vous ce que cela prouve?

— Mais tout simplement, si je ne me trompe, que vous avez peu de suite dans les idées.

— Nous allons, avec votre permission, en tirer une autre conclusion.

— Laquelle?

— Celle-ci : ce matin j'agissais comme un insensé, et maintenant me voici redevenu raisonnable.

— Ainsi, vous ne songez plus à mourir?

— J'espère bien vivre encore une cinquantaine d'années, tout au moins.

— Cependant votre projet de suicide était parfaitement arrêté dans votre esprit, puisque, quand je suis intervenu si fort à propos, il ne manquait que peu de chose à sa réalisation définitive.

— Je n'en disconviens point.

— Il me semble peu vraisemblable que vous ayez pris, sans des motifs graves, une détermination pareille.

— D'accord.

— Rien n'est changé depuis ce matin... rien n'a pu, selon moi, modifier à ce point vos intentions et votre manière de voir.

— Peut-être.

— Vous parlez comme une énigme.

— C'est vrai … mais cette énigme-là, sans doute, vous en saurez le mot quelque jour.

— Hâtez-vous donc de me le faire connaître, car ce soir il sera trop tard.

— Qui sait?

— Le diable m'emporte, si je vous comprends!

— Eh bien! je ne désespère pas tout à fait, mon jeune ami, de vous voir suivre l'exemple excellent que je viens de vous donner.

— Vous prétendez me faire changer de résolution?

— Mon Dieu, oui. — Je me rappelle à ce sujet un vieux vers, rempli de bon sens qui dit en propres termes :

« L'homme absurde est celui qui ne change jamais ! »

et je suis de l'avis de ce vieux vers.

Le jeune homme secoua la tête.

— Il y a des choses impossibles… — murmura-t-il.

— Ceci est un paradoxe, et ne prouve quoi que ce soit ! — Rien n'est impossible. — Si une chose vous paraît invraisemblable et improbable, croyez qu'elle est au moment de s'accomplir. — N'en suis-je pas une preuve vivante ? — Au moment où je vous parle je devrais être mort, et cependant me voici frais, dispos et gaillard, buvant du saint-Péray avec vous. — De par tous les diables, mon jeune ami, je connais votre situation aussi bien, et peut-être mieux que

vous ne la connaissez vous-même. — Vous vous trouvez le plus malheureux des êtres créés, parce que
vous avez le cœur et la tête remplis de désirs et d'ambitions que le vide absolu de votre bourse ne vous
permet pas de satisfaire. — Vous avez une de ces
natures délicates et sensuelles, faites pour toutes les
jouissances, amoureuses de tous les luxes et de toutes les voluptés. — Le hasard maladroit vous a donné
les goûts d'un millionnaire, en oubliant de vous donner les millions. — Vous aimez les jolies femmes,
les beaux chevaux et les vieux vins ! — L'élégance
est votre é ément, la pauvreté vous fait horreur. —
Vous avez lutté quelque peu, je suppose, pour l'acquit de votre conscience, contre les nécessités de la
vie, puis, aussitôt que vous vous êtes senti fatigué,
vous vous êtes déclaré vaincu. — Vous n'avez pas les
épaules assez fortes pour supporter le poids écrasant
du travail et de la misère. — Vous ne vouliez ni men-
dier, ni voler, — vous vous êtes dit : — *L'air manque
ici bas ! allons voyager dans le monde inconnu !* — Vous
avez pris un vieux pistolet et vous êtes venu au bois
de Boulogne. — Voilà votre histoire depuis A jusqu'à
Z ; — si je me suis trompé d'un iota, dites-moi où est
mon erreur.

Le jeune homme blond baissa la tête en souriant.

— Peste ! — dit-il, — comme vous connaissez la
vie ! !

— Vous en convenez, — c'est fort bien. — Donc, mon jeune ami, je suis dans le vrai.

— Aussi complétement qu'on y puisse être. — Que prétendez-vous en conclure, je vous prie?

— Que vous avez parfaitement bien fait de venir au bois de Boulogne ce matin, dans le but de vous y faire sauter le crâne.

L'imprévu de cette conclusion fit tressaillir le convive de l'ex-pendu.

— Comment, — s'écria-t-il, — vous trouvez que j'ai bien fait?

— Sans doute, puisque c'est au bois de Boulogne que vous m'avez rencontré... et que de cette rencontre résultera vraisemblablement un changement notable dans votre destinée...

— Un changement?... — répéta le jeune homme avec une curiosité facile à comprendre.

— Oui, complet et immédiat...

— Je vous comprends moins que jamais.

— Je m'explique... Vous êtes pauvre, vous serez riche. — Vous étiez isolé, vous aurez un ami, le plus vigilant de tous les amis... — La vie était pour vous un long supplice de Tantale, vous étiez sevré forcément de ces mille jouissances du luxe, de la vanité, du plaisir dont votre nature est avide, vous nagerez désormais dans un océan de luxe, d'élégance et d'amour. — En un mot, jusqu'à ce jour, vous comptiez parmi les déshérités de ce monde... à partir de

demain vous appartiendrez à la phalange des heureux
du siècle...

— Je rêve, ou vous vous moquez de moi, — balbutia le jeune homme blond, qui sentait une sorte
d'ivresse bizarre, bien différente de celle du vin, en-
vahir son cerveau.

— Vous êtes parfaitement éveillé et rien n'est plus
sérieux que ce que je viens de vous dire, n'est plus
réel que ce que je viens de vous promettre.

— Quoi! tous ces luxes, toutes ces jouissances, tous
ces plaisirs... cette réalisation complète, enfin, des
rêves infinis d'une ardente imagination, d'une jeunesse inassouvie?...

— Toutes ces choses sont à votre disposition...

— Et qui me les donnera?...

— Moi.

Le jeune homme blond attacha sur l'ex-pendu un
regard où la défiance et l'espoir éclataient à la fois.

L'étrange personnage soutint ce regard avec un
calme souriant.

— Mon Dieu, oui, mon jeune ami..., — reprit il
ensuite. — Moi-même, qui ne demande qu'à me faire
le très-obéissant et très-empressé serviteur de vos
fantaisies et de vos caprices.

— Dois-je vous croire?

— Je vous y engage fortement... — Vous serait-il
agréable, d'ailleurs, d'avoir une preuve immédiate de
ma véracité parfaite?

Le jeune homme fit un signe affirmatif.

— Eh bien, cette preuve, la voilà...

L'ex-pendu, tout en disant ce qui précède, tira de sa poche le portefeuille rouge, très-gonflé, nous le savons, de billets de banque.

Il l'ouvrit, — il le plaça sur la table entre lui et son convive, et il ajouta en souriant :

— Puisez largement dans ce portefeuille... prenez même, si cela vous convient, la totalité de ce qu'il renferme... — Je suis riche, je suis très-riche, cinquante ou même cent mille francs ne sont pour moi qu'une bagatelle insignifiante... — Puisez donc, ceci est à vous...

Le jeune homme blond, fasciné, étendit vivement la mains vers le portefeuille rouge.

Mais cette main se retira presque aussitôt, sans avoir touché les précieux chiffons.

— Comment, — fit l'ex-pendu avec un nouveau sourire, — vous hésitez !!...

— C'est vrai.

— Craignez-vous, par hasard, que ces billets de banque ne soient faux?... — Je vous affirme qu'il n'en est rien...

— Oh ! je ne pensais point à cela...

— Alors, quel scrupule vous arrête?...

— Vous m'offrez une somme énorme...

— Énorme pour vous, minime pour moi, je vous le

répète... — interrompit l'ex-pendu. — Continuez...
Que voulez-vous dire ?

— Qu'allez-vous me demander en échange ?...

Il y eut un silence d'un instant.

Le jeune homme blond attendait, avec une évidente anxiété, la réponse de son interlocuteur.

— Ce que je vous demanderai en échange ? — répéta ce dernier.

— Oui.

— Absolument rien, mon jeune ami...

— Ce n'est pas possible...

Le gros homme se mit à rire.

— Je vous en supplie, — répliqua-t-il, — défaites-
vous donc de cette déplorable habitude de voir des
impossibilités partout... — Je sais à merveille que ce
qui se passe en ce moment entre nous n'est point ordinaire, mais je sais mieux encore que cela n'est pas
impossible... — Vous connaissez vos classiques, je le
vois, — vous avez lu Balzac, — votre imagination
est remplie de don Carlos Herrera, autrement dit
Vautrin, autrement dit Jacques Collin, autrement dit
Trompe-la-mort, arrêtant Lucien de Rubempré sur le
chemin du suicide et lui faisant entrevoir, pour le
décider à vivre, une existence à peu près semblable à
celle que je viens de vous promettre .. — Bref, vous
vous figurez qu'en vous donnant de l'or je vais vous
proposer un pacte et vous enchaîner à moi pour quelque ténébreuse entreprise... Rassurez-vous, mon jeune

ami, — laissez là le roman et regardez d'un œil tranquille la réalité. — Entre l'abbé Carlos Herrera et votre serviteur il n'y a rien de commun... — Je ne suis point le caissier des bagnes, le chef redouté des *dix mille*, l'homme d'affaire des *grands Fanandels*... — Ne voyez en moi que ce que je suis, c'est-à-dire un original, et pas autre chose... — Cet original s'est mis dans la tête de réparer à votre égard l'injustice du sort...— vous ne le connaissez pas, mais en revanche il ne vous connaît pas non plus... — Il vous offre la richesse et le bonheur et il n'exige pas la moindre chose en échange... — Acceptez donc, sans réfléchir, ce qu'il vous propose les yeux fermés !... — Est-ce convenu, mon jeune ami ?...

VIII

ANDRÉ BONTEMS

Hésiter plus longtemps était impossible.

Il fallait prendre un parti immédiat, — il fallait accepter ou refuser à l'instant même.

Or, les propositions formulées par l'ex-pendu étaient trop brillantes, trop inespérées, trop merveilleuses pour être accueillies par un refus.

Comment répondre : *non!* à cet homme étrange qui offrait la fortune et le bonheur et qui ne demandait rien en échange ?

Le nageur imprudent que la vague engloutit repousse-t-il la main étendue vers lui pour le sauver ?

— Est-ce convenu ?... — répéta pour la seconde fois le bizarre personnage. — Acceptez-vous ?

— Eh bien ! oui..., — répondit avec entraînement le jeune homme, — c'est convenu... j'accepte.

— A la bonne heure !... — Alors, touchez là !...

L'hôte de la rue du Rocher mit sa main dans la main large et courte que lui présentait par-dessus la table l'ex-pendu.

En pressant cette chair moite et flasque, il éprouva une sensation de dégoût irrésistible, pareille à celle qu'on ressent au contact de la peau visqueuse d'un reptile, mais il eut sans doute assez d'empire sur lui-même pour dissimuler cette sensation, et l'ex-pendu ne s'aperçut vraisemblablement de rien, car sa figure ne changea pas d'expression.

— Maintenant que nous voici d'accord, mon jeune ami, — continua-t-il, — il me faut bien vous adresser quelques questions que vous ne trouverez pas trop indiscrètes... du moins je l'espère.

— Quelles que soient ces questions, je vous promets d'autant plus volontiers d'y répondre que je n'ai rien à cacher...

— Eh bien... d'abord comment vous appelez-vous?

— Maxime...

— C'est un nom de baptême, cela.

— Je n'en ai pas d'autre,

— Mais votre famille?

— Inconnue.

L'ex-pendu se frotta les mains.

— Ainsi, pas de parents? — reprit-il.

— Pas le moindre, monsieur, et vous pouvez même, sans risquer de vous tromper, ajouter : pas d'amis !

Le visage du gros homme prit une expression radieuse.

Il se frotta les mains de plus belle, et il murmura, comme se parlant à lui-même :

— Bravo ! très-bien ! c'est parfait !

— On dirait que mon isolement vous enchante ! — s'écria le jeune homme, fort surpris de ces manifestations inattendues.

— Et l'on aurait raison de le dire... Il m'enchante en effet.

— Pourquoi donc ?

— Parce que je remplacerai pour vous la famille et les amis qui vous manquent. Je vous tiendrai lieu de tout cela.

Maxime ne put réprimer un geste de surprise.

— Oh ! je vois bien que je vous étonne, — poursuivit l'ex-pendu en riant. — Vous vous dites que je suis un drôle de corps !... — vous me trouvez même un peu fou !

— Mais, non, monsieur... mais, non, je vous jure...

— Allons, mettez-y de la franchise. — Que diable ! mon jeune ami, je lis dans votre pensée comme dans un livre ouvert...

— Eh bien, la vérité est que je ne comprends

guère une aussi prodigieuse bienveillance à l'endroit d'un inconnu.

— Vous oubliez que cet inconnu est mon sauveur.

— Je me souviens, au contraire, que c'est en raison de ce titre de sauveur que vous vouliez me casser la tête il y a une heure.

— Vous m'aviez pris dans un mauvais moment. J'étais mal disposé. Un agacement complet, résultant de la strangulation que je venais de subir, ébranlait mon système nerveux. Mais le fait est que vous m'avez plu tout de suite. Je ne vous ai pas caché, d'ailleurs, que je suis un original, un *eccentric-mann* comme disent nos voisins d'outre-Manche. Ce mot explique tout.

— C'est juste.

— Je poursuis mon petit interrogatoire. Quel âge avez-vous?

— Vingt-deux ou vingt-trois ans, je suppose.

— Comment! vous êtes dans l'incertitude à cet égard?

— Mon Dieu, oui.

— Vous n'avez donc jamais eu sous les yeux votre acte de naissance?

— Jamais.

— Comment cela se fait-il?

— Vous me demandez là l'histoire de ma vie.

— Trouvez-vous quelque inconvénient à me raconter cette histoire?

— Pas le moindre. Seulement, il s'agit d'un long récit.

— Et vous ne vous sentez point disposé à le faire en ce moment?

— J'en conviens. — Cependant, si vous l'exigez...

— Exiger quelque chose, moi! Allons donc! on voit bien que vous ne me connaissez pas. Vous prendrez votre temps, mon jeune ami, et vous satisferez quand il vous plaira ma curiosité légitime, ou plutôt mon affectueux intérêt. — Plus que deux ou trois questions, et j'ai fini. — Où demeurez-vous?

— Rue du Rocher.

— Dans une mansarde, je suppose?

— Dites plutôt dans un grenier...

— Pauvre garçon!...

— Vous me plaignez?...

— Sans doute, car, n'en déplaise à l'illustre Béranger :

« Dans un grenier qu'on est *mal* à vingt ans!... »

N'est-ce pas votre avis?...

— Complétement.

— Je suis heureux de voir que vous partagez presque toutes mes opinions... — Avez-vous une maîtresse?...

— Non.

— Un amour au cœur...

— Pas davantage...

— C'est peu vraisemblable, savez-vous?

— J'en conviens, et c'est néanmoins l'exacte érité.

— Avez-vous des dettes?...

Maxime secoua la tête.

— Ni petites, ni grandes?... — poursuivit l'ex-endu.

— Aucune.

— C'est merveilleux!... — Vous êtes un être plus que parfait!...

— Moins que vous ne le pensez... — Qui diable aurait voulu faire crédit à un garçon sans aucune position et aussi pauvre que moi?

— Vous avez possédé de l'argent quelquefois, cependant?...

— Souvent, et d'assez fortes sommes.

— D'où vous venait-il cet argent?...

— Ceci se rattache à l'histoire de ma vie...

— Très-bien... — je n'insiste pas et mon interro-gatoire est fini... — Vous a-t-il paru trop long?...

— Vous n'en croyez rien, cher monsieur...

— Ne m'appelez donc pas *cher monsieur*... — Je me nomme André Bontems... — Dites-moi tout sim-plement *mon ami*...

— Comme vous voudrez et bien volontiers...

— Vous êtes un charmant garçon que j'aime déjà comme un fils... — Est-ce assez heureux, mon

Dieu !... que nous ayons choisi tous deux cette belle matinée pour un double suicide !... Allons, décidément, le hasard fait bien ce qu'il fait!... — Avez-vous fini de déjeuner ?...

— Complétement.

— Dans ce cas, rien ne nous retient plus ici, et nous pourrons partir aussitôt que j'aurai soldé l'addition...

— Où irons-nous?...

— Chez moi, si vous le voulez bien... — j'éprouve le besoin de vous montrer mon petit intérieur... — Oh! c'est modeste... c'est très-modeste... je vis seul et j'ai des goûts simples... — Tenez d'ailleurs pour certain, mon cher Maxime, que je ne vous imposerai point une simplicité pareille... — A propos, mettez donc dans votre poche le contenu de ce portefeuille...

— Quoi, sérieusement, vous voulez?...

— Non-seulement je veux, mais j'exige.

— Mais c'est trop... c'est beaucoup trop...

— Oui, c'est beaucoup trop de façons pour une bagatelle insignifiante! — interrompit l'ex-pendu. — Prenez donc, vous dis-je, et surtout n'épargnez pas! — En ce monde sublunaire, rien n'est aussi sot que l'économie, croyez-en mon expérience.

Maxime obéit et mit, en frémissant de joie, les liasses de billets de banque dans les poches de sa redingote.

Ce n'est pas que le jeune homme aimât l'argent pour l'argent lui-même, mais ces billets de banque contenaient la réalisation prompte et certaine de tous ces rêves d'élégance, de luxe, de plaisir, qui ne font jamais défaut à une imagination de vingt ans.

Or, tandis que de délicieux mirages, évoqués par le seul attouchement des soyeux chiffons signés : *Garat,* passaient devant les yeux du jeune homme, l'ex-pendu, ou plutôt André Bontems, — (c'est ainsi que nous l'appellerons désormais), — sonnait le garçon, demandait des cigares et tirait de sa poche une douzaine de pièces d'or pour payer l'addition.

— Un dernier verre de chartreuse verte, — dit-il ensuite à Maxime, — et partons.

Les deux hommes quittèrent le cabinet particulier dans lequel ils venaient de déjeuner et de causer, et remontèrent dans le coupé en ruines qui les attendait à la porte.

— Barrière de l'Étoile ! — cria André Bontems au cocher.

— Tiens ! — fit Maxime, — vous demeurez dans le haut des Champs-Élysées ?

— Pas le moins du monde.

— Nous allons cependant nous arrêter à la barrière.

— Oui, mais uniquement pour changer de voiture. — Je ne saurais vous dire à quel point m'est antipathique un véhicule qui ne marche pas. — J'habite, d'ailleurs, la plus lointaine extrémité de

Paris, et cette haridelle fourbue mettrait plus de deux heures à nous y conduire.

La station voisine de l'Arc de triomphe est presque toujours, surtout le matin, amplement pourvue de voitures de place.

André Bontems et Maxime s'installèrent dans une victoria attelée d'un vigoureux cheval, et le cocher reçut l'ordre de toucher rue des Amandiers-Popincourt.

Pendant toute la durée de l'immense trajet qui sépare les Champs-Élysées des bords du canal Saint-Martin, la conversation entre l'ex-pendu et son sauveur ne tarit pas un instant, — mais pas un instant non plus il ne fut question des événements qui venaient de s'accomplir et de la situation dans laquelle les deux compagnons se trouvaient l'un vis-à-vis de l'autre.

André Bontems parla de tout : politique, livres nouveaux, pièces en vogue, princesses de la rampe, reines des boudoirs faciles et des bals publics, sinon avec beaucoup d'esprit, du moins avec une parfaite connaissance de cause, en homme qui n'ignore rien de la vie parisienne et de tout ce qu'elle comporte.

Une incontestable rectitude de jugement, et surtout un fonds de bonne humeur inépuisable, perçaient sous chacune de ses paroles.

Il était impossible de supposer que ce causeur joyeux, qui semblait enchanté de la vie et disposé

sans cesse à voir les hommes et les choses sous leur
bon côté, se fût, deux heures auparavant, mis volontairement la corde au cou pour s'expédier dans
l'autre monde.

Maxime comprenait si peu cette anomalie que parfois il croyait rêver, et qu'il se prenait à douter de la
réalité des faits accomplis.

Enfin, après trois quarts d'heure de marche, la voiture s'arrêta.

— Nous sommes arrivés... — dit André Bontems.
— Descendez le premier... mon jeune ami.

Maxime sauta sur le pavé et promena ses regards
autour de lui.

Il ne vit à sa droite et à sa gauche que deux longues
murailles au-dessus desquelles s'élevaient çà et là
des touffes de verdure.

La rue des Amandiers-Popincourt, dans sa partie
supérieure, renferme plus de jardins que de constructions. — Elle est l'une des artères les moins popu-
leuses d'un quartier perdu.

En face de la victoria se trouvait une petite porte
grise, au-dessus de laquelle était peint le numéro in-
diqué au cocher par l'ex-pendu.

— Où donc est votre logis? — demanda Maxime
quand la voiture se fut éloignée.

— Vous allez voir... — répondit André Bontems
en tirant une clef de sa poche et en ouvrant la porte
grise.

— Entrez, — ajouta-t-il, — vous voici chez moi...
par conséquent vous voici chez vous.

Maxime franchit le seuil et se trouva dans un jardin assez vaste, parfaitement entretenu, dessiné à la
française, et dont les allées rectilignes offraient
aux regards charmés des marges de fleurs éblouissantes.

Une allée de charmilles, taillée en berceau selon
l'ancienne mode, conduisait à une maisonnette située
à l'extrémité du jardin et cachée presque entièrement par un groupe de tilleuls d'une belle venue.

Rien ne se pouvait imaginer de plus placide et de
plus riant que l'aspect de cette maisonnette aux murailles blanches, aux volets verts, haute seulement
d'un rez-de-chaussée et d'un étage, et qui semblait
construite tout exprès pour y cacher de mystérieuses
amours.

Cette supposition, du reste, était conforme à la vérité.

Un grand seigneur du dix-huitième siècle avait fait
bâtir jadis le pavillon qui nous occupe, et ce pavillon
était devenu l'asile inconnu d'une maîtresse idolâtrée.

— Comment trouvez-vous ma thébaïde? — demanda André Bontems.

— C'est un paradis!!!... s'écria — Maxime.

— Rien de plus modeste, n'est-ce pas?— Mais c'est
tout ce qu'il faut pour moi : j'adore la solitude et les
fleurs.

Les deux hommes longèrent l'avenue de charmilles, et parvinrent en face d'un perron de trois marches et d'une porte très-bien sculptée et d'un joli style rococo.

L'ex-pendu ouvrit à l'aide d'une seconde clef, et s'effaça pour laisser passer Maxime, qui se trouva dans un vestibule exigu, mais d'une grande élégance, et qui put remarquer, non sans un certain étonnement, que cette porte si coquette était pourvue d'une fermeture intérieure vraiment formidable. Une fois les verrous poussés et les barres de fer mises à leur place, il aurait presque fallu de l'artillerie pour la jeter bas.

Ce système de fermeture, — on ne pouvait s'y tromper, — était d'une date récente.

Maxime en fit tout haut la remarque.

— Oui... oui... — répondit André Bontems d'un ton de parfaite indifférence, — c'est-moi qui ai organisé cela... — Dans un quartier désert comme celui-ci, et d'ailleurs assez mal habité, la précaution est indispensable... — On égorgerait un homme ici sans que personne puisse entendre ses cris d'agonie et venir à son aide... — J'ai parfois d'assez fortes sommes au logis... — j'ai dû me mettre à l'abri des voleurs et des assassins, et je crois qu'ils auraient quelque peine à s'introduire céans avec effraction... — Les volets sont non moins solides et percés, çà et là, de petits trous à peine visibles, suffisants pour me permettre

6.

de voir ce qui se passe au dehors et de glisser, au besoin, l'extrémité du canon d'une arme à feu...

— Bref, — dit Maxime en riant, — vous avez fait de votre maison une petite citadelle...

— Mon Dieu, oui, — une sorte de blockhaus, comme on dit en Algérie, très-propre à déjouer les attaques des bédouins de Paris...

— Et vous vivez ici absolument seul?...

— Absolument.

— Pas même une servante?

— Personne, — je suffis à tout...

— Singulier homme! — pensa Maxime.

IX

FAUTEUILS D'ORCHESTRE

Laissons Maxime et André Bontems continuer ensemble la visite de la petite maison de la rue des Amandiers-Popincourt, et présentons à nos lecteurs divers autres personnages qui doivent jouer un rôle important dans ce récit véridique.

Transportons-nous tout d'abord dans la salle du théâtre des Variétés.

Il est environ neuf heures du soir.

La petite pièce vient de finir. — Les claqueurs se sont dispersés après avoir chaleureusement applaudi le couplet final de l'un de ces vaudevilles sans importance qui servent à commencer le spectacle avant l'arrivée du vrai public, et auxquels, pour cette raison, on a donné le nom générique de levers de rideau.

Les trois quarts des loges de face et de balcon sont vides.

Quelques rares spectateurs, debout à l'orchestre et tournant le dos à la scène, braquent leurs lorgnettes sur les fauteuils de la galerie et sur les loges de second et de troisième rang, dans l'espoir d'y découvrir de jolies femmes, qui, là comme partout, sont en minorité.

Parmi ces chercheurs de trésors signalons un jeune homme d'une trentaine d'années, grand, mince et brun, d'une tournure charmante, d'une agréable figure et d'une élégance d'autant plus irréprochable qu'elle est complétement sans façon, et qu'elle semble appartenir au moins autant à l'individu qu'au costume,

Un ruban multicolore, formant une étroite lisière à l'une des boutonnières supérieures de la redingote, indique que celui qui porte ce ruban est chevalier de plusieurs ordres.

Non-seulement les traits du visage sont expressifs et d'une régularité parfaite, mais ils offrent encore un cachet de distinction, plus rare, sans contredit, que la beauté elle-même.

Ce jeune homme doit plaire aux femmes généralement et produire sur beaucoup d'entre elles, dès le premier regard, une impression profonde.

Les hommes, au contraire, — il est bien entendu que nous parlons ici des observateurs, — doivent, en étudiant avec attention le personnage que nous venons de décrire, éprouver un vif sentiment de défiance, sinon même de répulsion.

Rien de plus simple, rien de plus facile à expliquer.

L'expression habituelle du visage, quoique gracieuse et spirituelle, manque de franchise.

Le sourire, rempli de finesse et d'ironie, l'est en même temps de duplicité.

Les yeux enfin, très-grands, très-noirs, pleins de flamme et de rayonnements, ne savent point regarder en face. — Ils se baissent ou se détournent comme éblouis, quand un regard loyal et investigateur se fixe sur eux.

Ce beau jeune homme, enfin, paraît trop content de lui-même. — Convaincu de son propre mérite, il est en même temps certain qu'il ne peut et ne doit obtenir que des succès.

De sa main droite finement gantée, il tient une énorme jumelle d'ivoire dont il tourne avec distraction et nonchalance les canons vers les différents étages de la salle, et qu'il laisse ensuite retomber d'un air dédaigneux en paraissant se dire à lui-même :

— Voilà des femmes qui certes ne méritent pas de ma part une seconde d'attention !

En ce moment un second jeune homme, non

moins élégant, mais beaucoup moins beau et moins décoré que le premier, apparut à l'entrée des fauteuils d'orchestre.

Les deux hommes échangèrent un salut, et une conversation télégraphique s'engagea entre eux tout aussitôt.

Ce muet langage, dont quelques gestes faisaient les frais, pouvait et devait se traduire ainsi :

— Y a-t-il un fauteuil libre à côté de vous?...

— Oui.

— En êtes-vous sûr, et voulez-vous de moi pour voisin?...

— Oui. — Venez.

Un instant après, les deux hommes se serraient la main.

— Bonsoir, baron... — disait le premier arrivé.

— Bonsoir, comte... — répondait le dernier venu.

— Par quel hasard ici?...

— Ce n'est pas un hasard... — je viens à peu près tous les soirs.

— Bah!...

— Mon Dieu, oui... c'est comme ça...

— Est-ce que vous avez, pour une assiduité si grande, des motifs particuliers?...

— Précisément.

— Un intérêt de cœur derrière le rideau?

— Comme vous dites, mon cher comte.

— Peut-on savoir le nom?...

— Oh! très-bien... — je n'en fais point mystère, 'est Formose... la blonde Formose...

— Mes compliments !...

— Vrai?...

— Oui, certes !... — cette petite est vraiment char-nante....

— C'est mon avis...—Je les aime comme ça, — c'est eune et pas du tout naïf... — comédienne pour rire, nais plus drôlette qu'on ne saurait croire !... — Point de voix, mais des yeux superbes et puis si onne soupeuse !... — L'avez-vous déjà vue dans a pièce qui va commencer?

— Non, je l'avoue... — J'ajouterai même franche-ment que je ne sais pas quelle est cette pièce.

— Bah !... — vous m'étonnez, cher comte! vous n'étonnez !...

— Mon ignorance vous fait pitié, n'est-il pas vrai, aron?

— Nullement. Vous êtes mal renseigné, voilà tout.

— Eh bien, renseignez-moi mieux. Que va-t-on ouer?

— *Les Mirlitons diaboliques*, pièce à femmes en quinze tableaux.

— Ça doit ressembler aux *Bibelots du diable*?

— Considérablement. C'est tout à fait la même hose?

— De qui est-elle, cette chose ?

— Des auteurs des *Bibelots du diable*, pardieu ! —
Ce sont des gens de beaucoup d'esprit. Ils ne font jamais qu'une seule pièce, celle que vous allez voir,
mais comme le public est enchanté et que la caisse
regorge d'argent, je trouve qu'il ont bien raison. Et
vous ?

— Moi aussi.

— Formose est idéale là dedans.

— Son rôle est joli ?

— Prodigieux, quoique court... Oui, un peu court
peut-être... quinze lignes environ.

— Vous dites ?

— Quinze lignes.

— Une ligne par tableau, alors ?

— Ni plus, ni moins.

— Elle n'a pas dû se fatiguer la mémoire, mademoiselle Formose !

— Plus que vous ne pensez. — Ce sont des lignes
qui demandent à être bien dites. — Elle les a tra-
vaillées beaucoup... Je lui servais de répétiteur : elle
dit très-juste... Dans une pièce à femmes, d'ailleurs,
la prose n'est qu'un accessoire... ce sont les costumes qui ont du style.

— Et ceux de mademoiselle Formose ?...

— Ébouriffants ! et elle en a quinze.

— Autant que de lignes.

— Oui. Tiens, je n'avais pas remarqué ça ! C'est
très-drôle.

— Peste!... — Ce doit être fatiguant, à jouer un rôle comme ça!...

— Si les costumes étaient laids, sans doute... — mais ils sont si jolis!... oh! si jolis!... — plus délicieux et plus décolletés les uns que les autres, —vous verrez!...

— Oh! je crois d'avance que je verrai beaucoup de charmants détails.

— Mais ce n'est pas tout.

— Qu'y a-t-il encore?...

— Une chose énorme et qui fait du rôle une création capitale.

— Il me semble que les quinze lignes et les quinze costumes suffisaient amplement!... — Enfin, de quoi s'agit-il?...

— D'un pas, mon cher comte?... rien que cela!...

— Un pas de danse?...

— Oui, de danse nationale... — *Une chaloupe orageuse* abracadabrante!...

— Ah! diable!...

— Formose le danse comme un ange!...

— Un ange de Mabille ou de la Closerie?...

— Ne riez pas!... c'est renversant!... — Rigolboche et autres ballerines de la fantaisie sont distancées de quinze cents lieues!... — Formose pirouette en tenant son pied dans sa main, pendant quinze secondes, montre en main!... Aussi la salle croule et les bouquets pleuvent!...

—Baron, vous êtes un homme heureux!...

— Entre nous, je suis loin de me plaindre...

— Cette *chaloupe* inouïe, ce pas merveilleux du pied dans la main, est-ce aussi vous qui le faisiez répéter à mademoiselle Formose?...

— Naturellement... — répondit le baron. — Nous avons travaillé cela tous les deux pendant une quinzaine de jours...

— Soins touchants!... et le succès est venu vous récompenser largement de vos peines?...

— Oui, cher comte, et c'était justice!... Aussi, quand les bravos commencent, j'éprouve une sensation délicieuse!... —Il me semble que c'est moi qu'on applaudit.

— Je comprends cela, fils des croisés! la gloire est chose si douce! Je suis certain que vos ancêtres seraient bien joyeux s'ils voyaient leur descendant, le baron Godefroy de Montaigle, triompher ainsi chaque soir en la personne de mademoiselle Formose!

— Autre temps, autres mœurs, mon bon. — Mes ancêtres s'amusaient à guerroyer; moi, je prends mon plaisir où je le trouve. Je suis leur exemple, d'ailleurs... Mon aïeul, Gontran de Montaigle, un intime ami du vieux maréchal de Richelieu, donnait des carrosses à la Guimard ; moi, je viens de donner à Formose un ravissant poney-chaise et deux miracu-

leux steppers alezans qui font sensation dans l'avenue
de l'Impératrice.

— Et ça vous coûte ?

— Quatorze mille francs.

— Peste, baron, vous n'allez pas mal !

— La petite vaut au moins ça, et quand on fait les
choses, cher comte, il faut les faire bien ou ne pas
s'en mêler.

Cette conversation, que nous venons de reproduire
avec une fidélité de sténographe, fut interrompue
par le coup d'archet du chef d'orchestre donnant le
signal de l'ouverture.

La salle s'était remplie rapidement pendant les
dernières minutes de l'entr'acte, et la pièce à femmes
allait commencer.

Une seule loge restait vide ; c'était l'avant-scène du
rez-de-chaussée, à droite.

Le comte et le baron s'installèrent l'un à côté de
l'autre, et gardèrent le silence pendant que les musiciens jouaient l'ouverture.

La toile se leva sur un décor charmant et sur un
groupe de femmes jeunes et jolies, parmi lesquelles
mademoiselle Formose brillait au premier rang
sous un costume singulièrement indiscret et attrac-
tif.

Le baron de Montaigle, ce fils des croisés, ainsi
que l'avait appelé le comte, se mit incontinent à
s'agiter dans son fauteuil et à pousser à mi-voix de

petites exclamations d'admiration enthousiaste, de manière qu'il fût bien dûment constaté pour ses voisins qu'il était l'heureux protecteur de l'adorable comédienne dont les quinze lignes, les quinze costumes et la danse vraiment nationale, allaient incendier le public.

Le beau jeune homme brun que nous avons entendu le baron de Montaigle appeler *mon cher comte,* n'accordait, lui, qu'une attention fort distraite à ce qui se passait sur la scène.

Ses regards se dirigeaient sans cesse du côté de cette avant-scène restée vide, dont nous avons parlé tout à l'heure.

Le baron, dans son for intérieur, le trouvait singulièrement froid, et l'accusait, *in petto*, de manquer complétement de goût.

Enfin, quelques minutes avant la fin du deuxième tableau, la porte de la loge inoccupée s'ouvrit tout à coup, et une jeune femme de la plus surprenante beauté, enveloppée dans un immense burnous blanc rayé d'argent et tenant à la main un énorme bouquet de roses mousseuses, fit une entrée rapide et bruyante.

La sensation produite parmi les habitués des fauteuils d'orchestre par cette radieuse apparition fut unanime et instantanée.

Toutes les têtes et toutes les lorgnettes se dirigèrent vers l'avant-scène.

Toutes, disons-nous, hormis une seule, — celle du baron Godefroy de Montaigle.

Le baron n'était point maître de lui, il palpitait, il se pâmait d'aise.

Formose disait, en ce moment précis, sa *ligne* uni que du second tableau.

La jeune femme de l'avant-scène plaça sa lorgnette de spectacle et son bouquet de roses mousseuses sur le rebord de la loge, et se débarrassa de son burnous arabe qu'elle rejeta derrière elle avec une négligence un peu affectée.

Ce fut alors un éblouissement universel.

Les gandins de l'orchestre et les vieux généraux se demandaient avec stupeur d'où sortait cette merveille qu'ils ne connaissaient pas, et dont la rayonnante beauté semblait illuminer la salle tout entière.

L'inconnue atteignait cet âge qui est le triomphe de la femme, — elle offrait aux regards toutes les splendeurs de la trentième année.

Sa chevelure épaisse et longue, d'une nuance très-sombre avec des reflets fauves, ondée, ou plutôt crespelée naturellement, dessinait cinq pointes sur l'ivoire immaculé du front et découvrait des tempes aussi fraîches, aussi nacrées, que celles d'une vierge de seize ans.

Sous des sourcils d'un noir d'ébène, d'une finesse et d'une correction miraculeuses, flamboyaient et rayonnaient des yeux de diamant noir et de velours,

des yeux immenses, trop grands peut-être pour le
visage auquel ils appartenaient, et faisant irrésistiblement rêver aux péris de l'Orient et aux houris du paradis de Mahomet.

L'éclat presque insoutenable de leurs prunelles
était atténué par une double palissade de longs cils
recourbés gracieusement.

Le nez , d'une forme très-pure et légèrement
aquiline, offrait ces narines mobiles et passionnées
qui se gonflent et qui palpitent dans l'amour et
dans la colère.

Les lèvres un peu épaisses et d'un rouge aussi éclatant que celui du corail humide, formaient une opposition violente et pleine de charme avec la pâleur
attrayante d'un teint mat et velouté, comparable aux
pétales du camellia blanc.

La fine ciselure et la coupe élégante du menton
rappelaient les profils divins de ces marbres que les
temps antiques nous ont légués comme un éclatant
témoignage de leur supériorité artistique.

Et maintenant il nous faut répéter, presque dans
les mêmes termes, ce que nous écrivions tout à l'heure
à propos de celui de nos personnages dont nous connaissons déjà le titre de comte, mais dont nous
ignorons le nom...

Le visage de l'inconnue, prodigieusement et étrangement beau, et dans lequel la plus sévère critique
n'aurait pu trouver une imperfection à signaler, sé-

duisait irrésistiblement tout d'abord, mais devait, au bout de quelques secondes, causer une sorte d'effroi.

C'est qu'en effet ces yeux admirables avaient une saisissante expression d'astuce.

Les narines, en se contractant, donnaient à l'ensemble de la figure je ne sais quoi de farouche et presque de cruel.

La bouche enfin, dans le sourire ou dans le repos, offrait quelque chose de voluptueux et tout à la fois de menaçant.

Telles devaient être, jadis, les lèvres charmantes et perfides de cet être amphibie, moitié femme et moitié monstre, la sirène, dont la voix donnait le vertige, dont les baisers donnaient la mort.

L'inconnue portait une robe de crêpe, d'un rose très-pâle, laissant à découvert une poitrine de déesse, des bras incomparables et des épaules qu'on eût dites taillées dans un bloc de marbre du Pentélique par le ciseau de Phidias.

A son cou se nouait un collier de perles, moins blanches et moins nacrées que sa peau.

Elle s'assit.

Sa main droite reprit la jumelle d'écaille blonde placée sur le rebord de l'avant-scène auprès du bouquet de roses, et elle dirigea les tubes de cette jumelle du côté des loges, regardant à peine les hommes, mais lorgnant toutes les femmes avec une parfaite impertinence.

Ses regards s'abaissèrent ensuite vers l'orchestre et elle ne parut ni émue, ni embarrassée des œillades brûlantes qui rayonnaient et se croisaient autour d'elle.

Ceci dura quelques secondes, puis ses yeux rencontrèrent les yeux du jeune homme décoré, voisin du baron Godefroy de Montaigle.

Sans doute elle connaissait ce jeune homme, car ses lèvres ébauchèrent un sourire et sa main gauche, un instant soulevée, fit un geste rapide.

Le comte répondit, par un signe de tête imperceptible, à ce sourire et à ce geste, puis toute son attention sembla se tourner du côté du théâtre et des comédiennes et il cessa de regarder l'avant-scène.

X

DANS L'AVANT-SCÈNE

Le rideau tomba sur la fin du cinquième tableau et du premier acte des *Mirlitons diaboliques*.

L'entr'acte devait durer un quart d'heure.

Le baron de Montaigle toucha le coude de son voisin, dont il voulait attirer l'attention, et lui demanda :

— Eh bien, cher comte, comment l'avez-vous trouvée?...

— Qui ça, baron?...

— Formose, pardieu!...

— C'est juste, je n'y pensais plus.

— A quoi pensez-vous donc?...

— A rien...

7.

— C'est bien. — Je me répète : — comment l'avez-vous trouvée?...

— Idéale!... — renversante!... — inouïe!... — répondit le jeune homme avec un enthousiasme un peu ironique.

— N'est-ce pas? — Oui... oui, elle est *épatante!*... Voilà ce que j'appelle une *cocotte insensée!*... Mais c'est surtout dans la chaloupe orageuse qu'elle vous fera plaisir. Ah! il faut voir ça!... — La chaloupe est au troisième acte. — N'allez pas vous en aller avant, — saperlipopette, vous y perdriez trop!...

— Soyez paisible, baron, — je n'aurai garde...

— Parfait! — mais, dites donc, je pense à une chose...

— Voyons...

— Je soupe avec Formose à la *Maison d'Or* après le spectacle, — c'est une affaire convenue... — Elle m'a fait prévenir qu'elle avait grand'faim... les foies en caisse, les écrevisses bordelaises et les perdreaux à la gelée sont commandés.

— Eh bien ! baron, bon appétit...

— Merci. — Or, voici la chose à laquelle je pense. — Venez souper avec nous, — Formose sera enchantée, elle n'aime pas beaucoup le tête-à-tête. — Vous la distrairez infailliblement, — vous avez des mots si drôles. — Est-ce convenu?...

— Je ne puis vous répondre tout de suite...

— Pourquoi donc?...

— Parce que ma réponse dépend d'une visite que je vais faire...

— Dans une loge?...

— Oui.

— A une femme?...

— Naturellement.

— Dans ce cas, faites votre visite tout de suite, et tâchez d'obtenir la permission d'être mon convive cette nuit.

Le jeune homme décoré se leva en souriant, quitta l'orchestre et prit le chemin de l'avant-scène du rez-de-chaussée.

Le baron de Montaigle, qui maintenant se tenait debout, le suivit du regard à travers les lucarnes des baignoires devant lesquelles il passait, et le vit frapper à la porte de l'avant-scène, qui lui fut ouverte aussitôt.

Ceci attira l'attention du protecteur de mademoiselle Formose sur cette femme si merveilleusement et si étrangement belle, décrite par nous à la fin du précédent chapitre, et à laquelle il n'avait pas encore daigné accorder un seul coup d'œil.

Comme tout le monde, il fut surpris, ébloui, fasciné. — Comme tout le monde, il se demanda :

— Quelle est cette merveille inconnue ?

Mais, plus heureux que tout le monde, il put se répondre :

— Le comte la connaît, — le comte me renseignera tout à l'heure.

Au moment où le jeune homme décoré entra dans sa loge, la sirène à la robe rose et au bouquet de roses mousseuses tourna la tête à demi avec une grâce incomparable, et, tendant la main à son visiteur d'une façon toute cavalière, elle lui dit :

— Bonsoir, cher comte.

— Bonsoir, marquise.

— Vous avez reçu les trois lignes que je vous ai écrites ce matin ?

— Vous le voyez, puisque je suis là.

— Merci de votre empressement.

— Dites, de mon obéissance.

— Le mot ne serait pas exact.

— Pourquoi donc ?

— Je ne commande jamais, vous le savez.

— C'est vrai, mais vous témoignez des désirs, ce qui revient parfaitement au même, puisque vos désirs sont des ordres pour moi.

La jeune femme approcha de ses narines son bouquet de roses, dont elle respira le parfum pendant une ou deux secondes.

— Assez de marivaudage comme cela, cher comte, — fit-elle ensuite, — et parlons sérieusement.

— Vous avez quelque chose de sérieux à me dire ?

— Oui.

— Eh bien, j'écoute.

— Etes-vous libre cette nuit?

— Je suis toujours libre.

— Eh bien, venez souper chez moi.

— En tête-à-tête, marquise, comme autrefois?

— Mon cher comte, vous n'y tenez plus.

— Ah! Laurence, pouvez-vous bien parler ainsi!

— Mon Dieu, oui, et vous en êtes enchanté. — Nous nous connaissons trop pour nous aimer encore, — si toutefois nous nous sommes aimés. — Chut! Oh! pas de réponse, mon ami, votre éloquence serait perdue, et vous arriveriez à me prouver une fois de plus que la parole a été donnée à l'homme pour déguiser sa pensée.

Le comte n'insista pas et reprit du ton le plus dégagé:

— Ainsi, vous avez du monde ce soir, marquise?

— Oui.

— Beaucoup?

— Non. — Douze au quinze personnes tout au plus.

— Que je connais?

— Oh! très-bien... les habitués.

— A quelle heure le souper?

— Minuit et demi.

— Ensuite on jouera, je suppose?

— Bien entendu.

Le comte et la marquise échangèrent un rapide regard, accompagné d'un double sourire.

La marquise, au bout d'un instant, demanda :

— Quel est ce jeune homme assis à côté de vous à l'orchestre, avec qui je vous ai vu causer tout à l'heure, qui regarde le spectacle avec une si profonde attention quand la toile est levée, et qui, dans ce moment, me contemple d'un air ébahi?

— C'est un de mes amis, un gandin parfaitement idiot et ridicule.

— Peste, cher comte, comme vous traitez vos amis !

— Je les traite comme ils le méritent.

— Il n'est pas précisément beau, ce jeune homme, j'en conviens.

— Oh ! il est laid... il est même très-laid !...

— Peut-être... mais il ne manque point cependant d'une certaine distinction.

— Ce n'est pas sa faute... c'est la race qui le veut... — l'animal est bon gentilhomme.

— Comment s'appelle-t-il?

— Le baron de Montaigle.

— C'est un nom superbe, cela !

— Oui, pardieu ! le nom vaut mieux que celui qui le porte.

— Est-il riche, ce baron?

— Hélas, oui ! il a plus de cent mille livres de rente... — Où diable la fortune va-t-elle se nicher?

— Que fait-il de son temps et de son argent?

— Rien qui vaille... Il dépense l'un et l'autre le

plus sottement du monde. — Il espère être éblouissant, il ne parvient qu'à être grotesque.

— Pourquoi donc ne m'aviez-vous jamais parlé de
ce jeune homme ?

— Grand Dieu ! et qu'aurais-je pu vous en
dire ?...

— C'est un garçon à me présenter, cela...

— Il vous ennuiera comme la pluie...

— La pluie n'est pas toujours ennuyeuse, mon cher
comte.

— Enfin, si vous le désirez, marquise, pour cela
comme pour toute autre chose je suis entièrement
à vos ordres. — Voulez-vous que je vous présente
Godefroy ?

— Oui.

— Quand ?

— Dans le prochain entr'acte.

— Ce sera fait.

— Et après le spectacle vous l'amènerez souper.

— Ah ! pour cela, par exemple, marquise, n'y
comptez pas... — Le baron ne soupera point chez
vous cette nuit.

— Et qui l'en empêchera ?

— L'amour !... — répondit le comte en riant.

— Il est amoureux ? — demanda la marquise en
riant aussi.

— Mon Dieu, oui... — Du moins il le croit... ce
qui revient au même.

— Et l'objet de cette passion ?

— Mademoiselle Formose.

— Qu'est-ce que c'est que mademoiselle Formose? — insista en souriant la marquise.

— Une figurante du présent théâtre... un petit minois chiffonné et égrillard qui était en scène tout à l'heure... — Le baron protége sur un grand pied cette aimable enfant !... — Il lui donne des attelages de quatorze mille francs, et elle se moque de lui, royalement, pour son argent.

— En quoi tout ceci peut-il empêcher votre ami de venir souper chez moi ?...

— Godefroy soupe avec Formose à la *Maison d'Or*, et j'ajouterai qu'il compte sur moi.

— Lui avez-vous donc promis ?...

— Non, — je n'aurais pas voulu m'engager avant de vous avoir vue.

— Et vous ne vous chargez point de décider M. de Montaigle à laisser mademoiselle Formose souper toute seule ?...

— J'y perdrais mon temps, marquise...

— Vous déclarez la chose impossible ?...

— Entièrement impossible.

— Eh bien, je la ferai, cependant.

— Marquise, permettez-moi d'en douter.

— Je tolère ce doute, quoiqu'il soit une impertinence, — votre incrédulité et votre étonnement grandiront mon triomphe. — Allez, cher comte, et ne manquez pas de m'amener votre ami après le baisser du rideau.

Le jeune homme salua la marquise et sortit de l'avant-scène.

La conversation que nous venons de reproduire très-exactement s'était achevée quelques secondes à peine avant la fin du premier entr'acte.

Déjà les musiciens avaient repris place devant leurs pupitres, — déjà les spectateurs attardés au foyer s'étaient réinstallés dans leurs fauteuils.

Le baron attendait le retour de son voisin avec une prodigieuse impatience.

— Saperlipopette, cher comte, — lui dit-il aussitôt qu'il le retrouva à côté de lui, — saperlipopette, que vous avez été long !

— Vous trouvez ?...

— Oui, mais je ne m'en étonne pas. — Comment nommez-vous, s'il vous plaît, cette flamboyante et mirifique créature, avec laquelle vous semblez dans les termes les plus délicieusement intimes ?...

— Vous savez donc quelle est la loge où je suis allé rendre une visite, cher baron ?

— Pardieu ! — j'ai des yeux excellents et une jumelle viennoise à douze verres... — c'est pour me servir de l'une et des autres.

— Et cette dame vous paraît jolie ?...

— Mirifique !... fabuleuse ! inénarrable !... flamboyante !...

— Baron, quel luxe d'épithètes !...

— Elles sont pâles, elles sont incolores en présence d'un pareil soleil de beauté !... j'ai vu de jolies femmes, je crois, autant qu'homme qui vive, saperlipopette !... mais je n'ai jamais rien vu de pareil !...

— Cependant, mademoiselle Formose...

— Cher comte, — interrompit vivement le baron, — ne me parlez pas de cette Formose !... cette cocotte est drôlette, et j'en suis assez toqué, surtout parce qu'elle a du chic et du montant, mais il faudrait avoir un *moucheron dans le grelot* pour la comparer à la dame en rose !... Autant vaudrait établir un parallèle idiot entre une petite ponette de Spa et une magnifique jument pur sang !... — Encore une fois, cher comte, comment s'appelle cette perle, ce diamant, cette escarboucle ?...

— Cette perle, ce diamant, cette escarboucle, cette pierre précieuse enfin, pour parler votre langage, s'appelle la marquise Castella...

— Une vraie marquise ?...

— De quelle façon l'entendez-vous ?...

— Dame ! vous savez aussi bien que moi qu'il y a de par le monde des marquises de la fourchette, des marquises du lansquenet et des marquises de la fantaisie : de même qu'il y a des Andalouses des Batignolles et des créoles de Belleville... — Nous en avons tous rencontré quelques-unes...

— Sans le moindre doute ; mais madame Castella

n'appartient à aucune de ces catégories... — Elle est aussi marquise que vous êtes baron.

— Noblesse étrangère alors?

— Son mari était Vénitien, et, si vous étiez ferré sur l'armorial italien, vous sauriez que les Castella de Venise valent les Colonna de Rome et les Doria de Gênes...

— Cher comte, vous venez de dire: *le mari était Vénitien...* — Il n'existe donc plus ?...

— La marquise est veuve...

— Depuis longtemps ?...

— Depuis deux ans.

— Et vous l'avez connu, ce mari ?...

— Parfaitement et personnellement...

— A cela il n'y a rien à répondre... —La marquise habite Paris ?...

— Elle vient de s'y fixer et compte y passer les hivers.

— Elle est riche ?...

— Je le suppose, car son train de maison est celui d'une femme qui possède au moins quatre-vingt ou cent mille livres de rente, et je la crois beaucoup trop sensée pour se ruiner...

— Elle compte recevoir ?...

— Elle reçoit déjà...

— Vous êtes très-lié avec elle ?...

— Assez pour lui présenter quelqu'un...

— Ah !... — fit le baron, — vraiment ?

— Voulez-vous être ce quelqu'un ?... — reprit le comte.

— Vous m'offrez de me présenter, si je ne me trompe ?...

— Oui.

— J'accepte avec un vif enthousiasme... — Et quand me présenterez-vous ?...

— Mais, dès le prochain entr'acte...

— Saperlipopette !... c'est que je suis en redingote... ce qui me semble un peu sans façon...

— La marquise passera par là-dessus le mieux du monde.

— Vous croyez ?

— J'en suis sûr... — Elle vous a déjà remarqué...

— Allons donc ! vous vous moquez de moi ?

— Rien n'est plus loin de ma pensée !! — La marquise m'a vu causer avec vous, et tout à l'heure elle m'a demandé qui vous étiez...

— Que lui avez-vous répondu ?...

— Je lui ai dit votre nom... — Ce nom n'était point nouveau pour elle... — Elle m'a parlé de votre aïeul, Gontran de Montaigle, l'intime ami du duc de Richelieu...

— Vrai !! — murmura Godefroy transporté de joie et bouffi d'orgueil.

— Je vous en donne ma parole !... — Elle vous trouve charmant, et j'ai bien vu qu'elle serait enchantée de vous recevoir.

Le baron frisa ses moustaches aiguës avec un geste inimitable de contentement et de fatuité.

En même temps il tourna la tête du côté de l'avant-scène,

La jumelle de la marquise était braquée sur lui...

Il devint pourpre jusqu'au blanc des yeux, et certes il ne se souvenait guère en ce moment que mademoiselle Formose existât.

Cependant la toile venait de se lever.—Le sixième tableau commençait, et les : *chut ! !...* multipliés des spectateurs voisins qui, voulaient entendre, interrompirent la conversation des jeunes gens.

XI

LA MARQUISE CASTELLA

A mesure qu'avançait la pièce, les toilettes de mesdemoiselles les comédiennes des Variétés redoublaient de style, de verve et d'esprit.

Les corsages s'échancraient.

Les jupes de gaze se raccourcissaient.

Aussi l'enthousiasme du public prenait des proportions faciles à prévoir, mais difficiles à décrire; — il grandissait en raison directe de la diminution des costumes, et le deuxième acte des *Mirlitons diaboliques* s'acheva au milieu des frénétiques applaudissements de la salle entière.

Le succès *littéraire* de l'œuvre nouvelle se dessinait avec énergie, comme on voit.

Le baron de Montaigle cependant — (nous devons le dire) — n'avait accordé qu'une attention fort distraite aux cinq tableaux qui venaient de se succéder.

Ce gentilhomme savait la pièce sur le bout du doigt. — Il aurait pu jouer tous les rôles, chanter tous les couplets, danser au besoin tous les pas.

Ceci ne l'empêchait point d'habitude d'écouter et de regarder avec recueillement.

Mais ce soir-là — (du moins depuis le commencement du deuxième acte) — les *Mirlitons* le laissaient complétement indifférent, et la présence même de mademoiselle Formose sur la scène ne triomphait point de sa préoccupation.

En revanche, — au risque de se donner un torticolis de premier ordre, — il tournait sans cesse la tête du côté de l'avant-scène où trônait la marquise, et, pour mieux admirer la beauté rayonnante de la jeune femme, il essuyait de minute en minute les verres limpides de sa lorgnette avec la peau de son gant gris perle.

Aussitôt après la chute de la toile il se leva et dit à son voisin :

— Cher comte, je réclame l'exécution immédiate de votre promesse.

— Vous voulez que je vous conduise auprès de madame Castella?

— C'est vous qui me l'avez offert tout à l'heure.

— Et je suis prêt à m'exécuter. — Venez donc avec moi, cher baron.

— Surtout ne manquez point de faire agréer mes excuses à la marquise pour l'incorrection de ma toilette.

— Oh ! soyez sans crainte. — Cette charmante personne est trop spirituelle pour être formaliste.

Un instant après, les deux jeunes gens entraient ensemble dans l'avant-scène du rez-de-chaussée.

— Madame la marquise, — dit le comte à la sirène, — permettez-moi d'avoir l'honneur de vous présenter mon ami très-intime, le baron Godefroy de Montaigle, un de nos sportsmen les plus distingués, qui brûle du désir d'être admis à vous faire quelquefois sa cour.

— Quand on s'appelle le baron de Montaigle, — répondit gracieusement la marquise, — on est sûr d'être bien reçu partout.

— Même en redingote, n'est-ce pas ? — fit le comte en souriant.

— Surtout en redingote, mon cher comte, car un costume un peu négligé prouve souvent un grand empressement.

Le visage du baron s'épanouit. — Son enivrement redoublait. — La marquise, vue de près, lui semblait plus belle encore que contemplée à distance, à travers les tubes d'une lorgnette.

Il murmura quelques lieux communs et la conversation devint générale.

— Monsieur le baron, — dit tout à coup la jeune femme,—il est convenu que vous voilà de mes amis, —J'ouvre mon salon à l'élite de la société parisienne, et je compte que cet hiver vous serez de mes fidèles.

— Ah ! madame la marquise, vous m'en verrez bien fier, — bien fier et bien heureux !... s'écria Godefroy.

— Voulez-vous me prouver cela dès aujourd'hui ?

— Je ne demande au monde qu'une occasion de le faire.

— Eh bien, quelques-uns de mes amis viennent souper chez moi cette nuit, soyez du nombre de mes convives.

Un vif embarras se peignit sur le visage du baron.

Le comte se mordit les lèvres pour arrêter au passage une envie de rire irrésistible.

— Eh quoi, — demanda madame Castella,— vous hésitez déjà ?

— Non, madame la marquise, — balbutia Montaigle tout effaré, — oh ! certes non, je n'hésite pas.

— Vous acceptez alors ?

— Hélas ! pas davantage.

— Expliquez-vous mieux, monsieur le baron, je

vous en prie. — Si vous n'hésitez ni n'acceptez, que faites-vous donc?... — J'avais toujours cru et je crois encore qu'une telle façon d'agir s'appelait *refuser*.

— Ah! madame la marquise... refuser une si gracieuse invitation... une faveur tellement précieuse... vous ne pouvez le croire... je ne m'en consolerais jamais... Seulement ma situation est bien difficile.

— En quoi donc, monsieur le baron?

— Un autre engagement... un engagement antérieur... Comment faire?... mon Dieu, comment faire?

— Dégagez-vous... c'est bien simple.

— Ah! s'il ne s'agissait que de le vouloir.

— Mais vous ne le pouvez pas! — Je comprends! — répliqua la marquise d'un ton sec. — Il est des rendez-vous impossibles à sacrifier... Mille fois pardon, monsieur le baron, mille fois pardon d'avoir insisté plus qu'il ne fallait... J'étais indiscrète, je le sens bien, mais mon indiscrétion vient de recevoir de vous une leçon sévère que j'aurai quelque peine à oublier, je vous l'affirme, et qui me profitera sans nul doute...

Le comte, triomphant, assistait d'un air radieux à la déconvenue de la marquise et se frottait sournoisement les mains.

Il avait prévenu madame Castella qu'elle ne réussirait point, et sa prédiction se trouvait confirmée par l'événement!

La plus jolie femme de Paris échouait d'une façon complète auprès d'un gandin idiot, dominé par une figurante!

Le triomphe du comte fut d'ailleurs de courte durée.

Godefroy de Montaigle prit brusquement son parti, et trancha le nœud gordien qu'il ne pouvait dénouer.

— J'accepte, madame la marquise, — s'écria-t-il avec enthousiasme, — et puisque vous daignez m'admettre parmi vos invités, cette nuit sera le plus beau jour de ma vie...

— A la bonne heure! — répondit madame Castella en accompagnant ses paroles d'un délicieux sourire, — je n'attendais pas moins de la courtoisie d'un gentilhomme. Nous nous mettrons à table à une heure du matin, monsieur le baron. Le comte, notre ami commun, vous amènera chez moi. Maintenant, messieurs, au revoir... Le troisième acte va commencer, et je ne veux pas vous priver d'un spectacle qui doit vous plaire, car il est fait à souhait pour le plaisir des yeux.

Les deux jeunes gens quittèrent la loge de la marquise Castella, mais, au lieu de regagner leurs fauteuils d'orchestre, ils s'arrêtèrent dans le couloir.

La figure du baron de Montaigle offrait une expression notablement soucieuse.

— Qu'avez-vous donc, cher ami ? — lui demanda le comte.

— J'ai que je suis extrêmement perplexe.

— A quel propos ?... D'où vient votre émoi ?

— Puisque je soupe chez la marquise, je ne souperai point avec Formose.

— Naturellement. A moins que vous ne possédiez le privilége de l'ubiquité, ce dont je vous crois incapable.

— Que vais-je dire à Formose, qui compte sur moi tout à l'heure ?

— Pardieu, la première chose venue... Inventez un prétexte quelconque pour lui manquer de parole.

— Le prétexte sera mauvais. La petite est fine comme l'ambre, et s'apercevra parfaitement bien, et dès les premiers mots, que je mens.

— Dans ce cas, dites-lui la vérité.

— Impossible !

— Pourquoi ?

— Formose se figurera que je la *fais poser* pour une autre femme ; elle rugira, et elle me jouera toutes les variations d'une scène de jalousie à grand orchestre.

— Qu'est-ce que cela vous fait, après tout ?

— On voit bien, cher comte, que vous ne connaissez pas Formose comme je la connais. Elle est si rageuse et si mauvaise tête, la chère fille, que je la

crois très-capable de s'attacher à mes pas, bon gré
mal gré, de me suivre de force jusque chez la marquise, et de perdre le respect à mon égard en plein
salon.

— Peste ! la jolie enfant ! l'aimable créature !

— Ah !... ça ne l'empêche pas d'être drôle.

— Au féminin !

— Vous dites ?

— Rien.

— J'avais cru entendre, mais je n'avais rien compris à ce que j'entendais.

— Ça ne m'étonne pas.

— Enfin, que faire ?

— Voulez-vous un conseil de qualité supérieure ?

— Oui.

— Et le suivrez-vous ?

— Certes.

— Eh bien ! *lâchez* Formose.

— Tout à fait ?

— Oui... rupture complète !

— Ah ! non, par exemple !

— Vous tenez donc décidément à cette petite ?

— Ce n'est pas que j'y tienne. Oh ! pas le moins du
monde... — Ma *toquade* est une toquade absolument
sans conséquence, mais....

Le baron s'interrompit.

— Mais quoi ? — demanda le comte.

— J'ai fait des frais, mon cher. — J'ai donné un

8.

mobilier, une voiture, deux steppers, quelques bijoux. Tout cela m'a coûté beaucoup.

— Et vous voulez *suivre votre argent* comme au lansquenet?

— Il y a du vrai dans ce que vous dites, mais ce n'est pas tout à fait ça. — Le vrai motif le voici: Formose est très-courtisée; on s'inscrit chez elle. Il y a entre autres un certain M. Ravinet, un homme de bourse, un quart d'agent de change, je crois, qui se livre à tous les excès d'une cour assidue et qui serait arrivé sans moi. C'est lui qui me succéderait, et je ne veux pas qu'un Ravinet, un homme sans nom, un boursicotier, profite de mes folles dépenses! — C'est de l'esprit de caste, et vous devez comprendre cela, cher comte.

— Je le comprends à merveille... Vous tenez à ce qu'on ne puisse en aucune façon vous appliquer les deux vers de Virgile.

— Quels vers?

— Voulez-vous que je les cite?

— Vous me ferez plaisir.

— Les voici :

> Sic vos, non vobis, nidificatis aves
> Sic vos, non vobis, mellificatis apes...

— Mais, c'est du latin, cela.

— Vraisemblablement.

— Qu'est-ce que ça veut dire?

— Ça veut dire que vous tenez à vous asseoir seul sur les divans donnés par vous à mademoiselle Formose...

— Virgile a du bon!...— mais tout ceci ne m'ôte point l'épine du pied...—Encore une fois, que faire?...

— D'abord, ne rentrez pas à l'orchestre.

— J'y songeais.

— Et écrivez à votre infante que vous venez de vous casser la jambe...

— Elle accourra chez moi...

— En êtes-vous bien sûr?...

— Il m'est impossible d'en douter... — Je dois lui donner deux mille francs demain matin.

— La raison me paraît valable!... — Cette circonstance aggravante peut d'ailleurs vous tirer complétement d'embarras...

— Comment?...

— Écrivez tout ce qui vous passera par la tête et glissez dans la lettre les deux billets de mille francs en question. — Je vous garantis que mademoiselle Formose trouvera vos excuses suffisantes et ne se formalisera point de votre manque de parole.

— L'idée est ingénieuse, je l'adopte avec empressement et je vais la mettre à exécution sans perdre une minute...

Les deux jeunes gens quittèrent le théâtre et entrèrent au café des Variétés, où le baron demanda du-

papier à lettre et un encrier ; puis, après quelques secondes de méditation profonde, il accoucha des phrases suivantes :

« Ma petite souris blanche,

» Un de mes amis se bat en duel demain matin ; je suis un de ses témoins et il faut que je passe la nuit pour écrire son testament sous sa dictée en cas de malheur... — Point ne souperai donc avec toi ce soir, hélas !... — Plains-moi, ma petite caille blondinette !! — Le souper d'ailleurs est commandé, — Maison d'Or, — cabinet numéro 17, — tu ne connais que ça !!... — Emmène avec toi une de ces demoiselles du théâtre et va manger truffes et foies gras... — J'ai recommandé de ne pas épargner le poivre de Cayenne dans les écrevisses.

» Comme je ne veux pas risquer de causer le moindre embarras à ma petite chérie, je lui envoie ci-joint les deux *banknotes* dont elle a besoin demain matin.

» Sois-moi fidèle, si c'est possible, oh ! ma bichette idolâtrée, et pense à moi deux ou trois fois en faisant sauter les bouchons de la veuve Cliquot !

» Qui est-ce qui t'embrasse sur ton œil gauche...? C'est — ton petit baron qui t'aime... »

— Inutile de signer ! — ajouta Godefroy, — elle connaît mon écriture et mon style...

— Et vos billets de banque... — fit le comte.

L'épître et les précieux chiffons furent mis aussitôt
sous enveloppe et confiés à la portière du théâtre,
qui promit de remettre le tout, à l'instant même, dans
les blanches mains de mademoiselle Formose.

Ainsi *libéré* pour quelques heures du gracieux
boulet qui lui coûtait si cher, le baron de Montaigle
reprit toute sa gaieté, tout son entrain, et ne songea
plus qu'au luxe de toilette qu'il allait déployer afin
de paraître dans tout son éclat au souper de la marquise.

— Comte, — demanda-t-il, — où demeure madame Castella?

— Rue de la Chaussée-d'Antin.

— Pourquoi donc pas au faubourg Saint-Germain
ou au faubourg Saint-Honoré ?...

— Voilà une question, — répondit le comte en
souriant, — qu'il vous faut adresser à elle, et non
à moi.

— C'est juste. — Après tout, d'ailleurs, ceci me
paraît sans importance, et les gens de noblesse
habitent aujourd'hui tous les quartiers... — La preuve
c'est que vous demeurez rue Laffitte et moi boulevard
des Capucines !... — Avez-vous votre voiture à la
porte ?

— Je le pense...

— Eh bien, soyez assez aimable pour me jeter
chez moi tout à l'heure .. — Comme je devais atten-

dre Formose, mon cocher n'arrivera qu'à minuit.

— Je suis, vous le savez, tout à votre service.

— Merci. — Je m'habillerai rapidement et j'irai vous prendre chez vous, puisque vous voulez bien me servir d'introducteur chez la marquise.

XII

LA HUTTE D'AUTEUIL

Le baron de Montaigle avait la prétention ce soir-là, de se rendre extrêmement joli garçon par les soins de toute nature apportés à sa toilette.

Ce résultat, difficile à obtenir, demandait beaucoup de temps et des opérations compliquées.

Godefroy se trouvant le teint un peu jaune et l'œil un peu terne, mit un soupçon de rouge sous sa fleur de riz pour animer les joues et donner de l'éclat au regard.

Il saupoudra ses cheveux de poudre blonde afin de leur donner une nuance douce et un ton mat.

Enfin de fines pommades hongroises métamopho-

sèrent ses moustaches en crocs aiguisés, de la plu
conquérante allure.

Une chemise brodée comme un col féminin, une
cravate neigeuse, un gilet d'un blanc idéal, un habit
noir demi-collant, firent de Godefroy le type accompli du jeune homme content de lui-même et de son
tailleur.

Aussitôt le grand œuvre de sa toilette achevé, le
baron mit de l'or dans son gousset, et, à tout hasard,
quelques billets de banque dans son portefeuille; —
il décocha un regard et un sourire à l'image fidèle
que lui renvoyait la grande glace, puis il se dit avec
conviction :

— Décidément je ne suis pas mal et je crois que
je pourrai plaire... — Je n'ai d'ailleurs jamais à me
plaindre, — ajouta-t-il d'un air agréablement fat, —
et les femmes me gobent assez !...

Il demanda ensuite à son valet de chambre si son
second cocher avait attelé une seconde voiture, —
(la première ayant été mise, nous le savons, aux ordres de mademoiselle Formose) — et sur la réponse
affirmative, il descendit, monta en coupé et se fit
conduire chez son futur introducteur, qu'il trouva
tout prêt et l'attendant avec un peu d'impatience.

Un instant après, les deux jeunes gens mettaient
pied à terre dans la cour d'un vaste hôtel de la rue
de la Chaussée-d'Antin.

La marquise Castella occupait un pavillon indépen-

dant, situé entre cour et jardin, derrière les princi-
paux corps de logis de cet hôtel.

Une dizaine de voitures de maître, armoriées pour
la plupart, attendaient, rangées en bon ordre le long
de la grille dorée.

— Baron, — dit le comte à Godefroy, — je crois
bien que nous arrivons les derniers.

— En vérité ! — s'écria le baron.

— J'en ai peur... — reprit le comte. — Vous avez
été long. — Mais, — ajouta-t-il d'un ton légèrement
ironique, — la marquise, en vous voyant si beau, ne
saurait manquer de nous pardonner ce retard.

— Je l'espère comme vous, — répondit naïvement
Godefroy.

Le comte se mordit les lèvres et parvint à grand'-
peine à garder son sérieux, tout en se disant à lui-
même :

— L'impayable animal !... — Laurence est un peu
folle de ne le point laisser sans conteste à mademoiselle Formose !...

Le pavillon de la marquise offrait un rez-de-chaussée, un premier étage et des mansardes.

Les pièces de réception se trouvaient au rez-de-
chaussée et leurs larges portes-fenêtres prenaient jour
sur un jardin rempli, du printemps à l'hiver, de frais
ombrages et de fleurs éclatantes.

L'appartement particulier de la jolie femme occupait le premier étage.

I.   9

Les domestiques, — ils étaient nombreux, — habitaient les mansardes.

Trois valets de pied, en livrée de gala, attendaient dans le vestibule.

L'un d'eux prit les noms des nouveaux venus, et, ouvrant la porte du salon, annonça d'une voix fortement timbrée :

— M. le comte de Crédencé, — M. le baron de Montaigle.

La marquise Castella, portant toujours sa délicieuse toilette rose, à laquelle elle n'avait rien changé depuis son retour du spectacle, se trouvait à l'autre extrémité du salon, au milieu d'un groupe d'hommes semblables à des courtisans à demi prosternés autour d'une reine.

Et pourtant ces hommes, croyez-le bien, n'étaient point les premiers venus !...

Les uns portaient les plus beaux noms de France, et leurs blasons antiques étincelaient à Versailles dans la salle des Croisades...

D'autres possédaient d'immenses fortunes, et chacun sait que, par le temps qui court, l'aristocratie de la richesse marche au moins l'égale de l'aristocratie de la naissance.

Il y avait là sept ou huit grands seigneurs, un banquier célèbre, un agent de change cinq fois millionnaire, et l'administrateur général de l'un de nos chemins de fer importants.

Madame Castella, quittant tout ce monde, accourut, avec le plus gracieux empressement au-devant du baron Godefroy de Montaigle et de son compagnon le comte de Crédencé, dont nous venons d'entendre prononcer le nom pour la première fois.

— Je suis heureuse, oh! bien heureuse de vous voir, monsieur le baron! —dit-elle à Godefroy.—Malgré votre bonne promesse, j'osais à peine compter sur vous. — Je sais combien vous êtes recherché, — tout le monde vous désire, tout le monde veut vous accaparer — Il est glorieux pour moi d'avoir obtenu la préférence, et je vous en remercie mille fois encore!

Le baron de Montaigle fit la roue et s'efforça d'improviser une réponse spirituelle et galante.

Nous devons à la vérité de convenir qu'il ne réussit point à trouver ce qu'il cherchait et qu'il dut se contenter de balbutier, avec la tenue et l'attitude d'un jeune premier de l'ancien Gymnase, c'est à-dire la tête inclinée gracieusement et la main sur le cœur :

— Ah! madame la marquise! certainement, madame la marquise...

Le reste de la phrase se perdit dans un murmure indistinct.

Madame Castella se contenta de sourire à M. de Crédencé, d'un air familier et dégagé, en lui tendant la main à l'anglaise et en lui disant :

— Bonsoir, mon cher comte. — Vous êtes un

homme charmant d'avoir accompagné M. de Montaigle.

Puis elle reprit, en s'adressant plus que jamais à Godefroy :

— Voici, je crois, qu'on vient nous annoncer le souper. — Offrez-moi votre bras, monsieur le baron. — Je ne veux pas d'autre cavalier que vous.

— Par mon aïeul, qui fut l'intime ami du maréchal-duc de Richelieu, — se dit Godefroy à lui-même, — c'est bien ici le cas de s'écrier : — *Je suis venu! j'ai vu ! j'ai vaincu!* La marquise est folle de moi ! Parole d'honneur!... — Elle s'affiche, elle finira par se compromettre, mais c'est son affaire, et j'aime assez que les femmes se compromettent, pour *Bibi...* Bibi, c'est moi.

— Je n'ai jamais vu la marquise recevoir personne comme elle reçoit cet imbécile ! ! — pensait en même temps M. de Crédencé. — Que le diable m'emporte si je devine ce qu'elle en veut faire!

Un maître d'hôtel venait en effet d'annoncer que le souper était servi.

Une portière de tapisserie des Gobelins venait de se soulever, — une porte à deux battants venait de s'ouvrir, et madame Castella se dirigeait au bras de Godefroy, ivre de plaisir et de vanité, vers une admirable salle à manger, éblouissante de luxe, étincelante de lumières, ruisselante d'argenterie et de cristaux, et remarquable moins encore par toutes ces merveilles que par un menu digne de Lucullus soupant chez Lucullus.

Les convives s'empressèrent de suivre la maîtresse de la maison.

Elle indiqua sa place à chacun et garda le baron de Montaigle à sa gauche.

— Elle m'a mis du côté du cœur!... — murmura Godefroy avec une sorte de délire. — C'est afin que j'entende les battements du sien... il m'est impossible d'en douter... Quelle foudroyante impression j'ai produite! Quel *béguin* la marquise a pris pour moi du premier coup! — Amour et macadam! comme elle me gobe, cette femme! — Sois paisible, d'ailleurs, ô ma divinité, je ne me montrerai point cruel! Tu seras heureuse, je le jure!

Laissons Godefroy, baron de Montaigle, poursuivre le cours de son monologue triomphant, — laissons les gentilshommes et les gens d'argent faire honneur aux raffinements de bonne chère qui leur étaient prodigués, et puiser une double ivresse dans les beaux yeux de la sirène et dans ses vins généreux, et satisfaisons la curiosité légitime de nos lecteurs en leur apprenant ce que c'était que la marquise Castella.

— Une vraie marquise! — avait dit le comte de Crédencé au baron de Montaigle.

Oui, certes, une vraie marquise, — nous l'accordons bien volontiers, puisqu'elle était la veuve d'un

marquis incontesté, — mais comment était-elle de-
venue la femme de ce marquis incontestable ?

Ceci est toute une histoire — histoire curieuse,
nécessaire à connaître pour l'intelligence du récit
commencé par nous, — et nous allons la raconter.

Vingt-cinq ans avant l'époque où se passèrent les
faits dont nous sommes l'historien, les environs de
Paris ne ressemblaient guère à ce qu'ils sont devenus
aujourd'hui et rien ne semblait annoncer, pour un
avenir plus ou moins prochain, la transformation
qu'ils ont subie.

Paris, la ville souveraine, n'éprouvait pas encore
le besoin de faire élargir de tous côtés sa ceinture
trop étroite. — Les maisons suffisaient aux habitants, — la banlieue ne rêvait ni les gloires ni les
douleurs de l'annexion ; — les terrains au cœur de
la ville, ceux qui valent aujourd'hui leur poids en billets de banque ne valaient pas leur pesant d'or, —
les terrains des communes voisines du bois de Boulogne, Passy, Auteuil, etc., — ne valaient pas même
leur pesant de cuivre.

Nous n'osons pas relater ici quelques-uns des prix
de ce temps-là.

Ces prix sembleraient à tel point invraisemblables
que personne, — (excepté les malheureux proprié-
taires qui ont vendu et les fortunés mortels qui ont
acheté dans ce temps-là), — ne consentirait à les
admettre comme possibles.

Le terrain ne coûtant pas cher, on le prodiguait avec une insouciante et magnifique prodigalité.

Auteuil, aujourd'hui richement pourvu de petits hôtels de plâtre, et de brique, et de prétentieux petits chalets, précédés ou suivis de petits jardins de cent mètres, offrait alors une douzaine de grandes propriétés, de véritables parcs, au milieu desquels s'élevaient des habitations plus semblables à des châteaux qu'à de simples villas.

L'une de ces propriétés, — la plus vaste peut-être et la plus belle de toutes, car la maison de maître, splendide pavillon Louis XV, dominait un parc de dix hectares formant amphithéâtre depuis les hauteurs jusqu'à la route royale, — appartenait à un vieux banquier qui ne l'habitant plus, même l'été, depuis maintes années, en tirait un gros revenu en la louant toute meublée à des étrangers riches, charmés de jouir, à une demi-lieue de Paris, de la campagne avec ses ombrages séculaires, ses eaux transparentes et ses tranquilles horizons.

L'habitation qui nous occupe était désignée dans le pays sous le nom de *la Folie-Normand*, — elle perpétuait ainsi la mémoire du célèbre fermier général Alain Normand, qui avait fait construire le pavillon et dessiner les jardins en l'an de grâce 1750.

A quelques centaines de pas plus loin que la grille de fer d'un travail curieux et rococo servant de clôture aux dépendances de la Folie-Normand, se voyait, de l'autre côté de la route, sur la berge poudreuse de la Seine et dans la direction de Saint-Cloud, une maisonnette ou plutôt une hutte d'aspect misérable, bâtie avec de la boue et des branchages désséchés et couverte d'un toit de chaume à demi pourri qui laissait le vent et la pluie pénétrer librement dans l'intérieur.

Cette hutte avait été la propriété d'un vieillard de mœurs sauvages et de mauvaise réputation, pêcheur de son état, taciturne et farouche, vivant sur l'eau plus que sur terre, vendant son poisson le plus cher possible pour acheter du tabac et de l'eau-de-vie, évitant tout le monde et n'adressant jamais la parole à quelqu'un, excepté quand il s'agissait de conclure un marché, ce qu'il faisait d'ailleurs d'une façon ultra laconique et quasi-brutale :

Le vieux pêcheur passait dans le pays, à tort ou à raison, pour avoir commis jadis un crime.

Les remords, — disait-on, — le persécutaient et lui donnaient cette humeur insociable et ce besoin impérieux de solitude...

Quel était le crime si durement et si longuement expié ?

Personne n'en savait rien...

Le forfait et les remords pouvaient se comparer à ces légendes populaires que tout le monde connaît plus ou moins, mais dont on ignore l'origine et la raison d'être...

Toujours est-il que les femmes et les enfants avaient peur du vieillard et s'enfuyaient à son approche, et que les hommes eux-mêmes n'aimaient pas beaucoup à le rencontrer...

Un jour il se noya en jetant ses filets, et son cadavre ne fut repêché qu'au bout d'une semaine.

— Le bon Dieu a fait enfin justice de ce vilain homme... — se dirent les uns aux autres les charitables bourgeois d'Auteuil.

Puis on cessa de penser à lui.

La hutte, située au bord de l'eau, ne jouissait pas d'un meilleur renom que son propriétaire décédé.

Elle resta longtemps déserte, et les matériaux qui la composaient offraient si peu de valeur que les pirates de la Seine eux-mêmes, ces pillards avides du plus misérable butin, dédaignaient de la démolir pour s'en emparer.

Les vents d'automne et les pluies d'hiver se chargeaient d'ailleurs de mener à bonne fin cette démolition déjà commencée.

Un certain soir les bonnes gens d'Auteuil, en allant faire sur le chemin de halage leur promenade quotidienne, furent très-surpris et un peu inquiets de voir un filet de fumée blanche s'élever du toit presque effondré de la hutte, et ils se demandèrent quel hardi vagabond s'était mis en possession de l'héritage du vieux pêcheur.

9.

Leur curiosité fut promptement satisfaite et leurs inquiétudes bien vite calmées.

Les nouveaux habitants de la chaumière semblaient tout à fait inoffensifs et ne pouvaient devenir dangereux ni même incommodes.

Ces habitants étaient un homme d'une quarantaine d'années et une petite fille de cinq ans.

L'homme avait une figure brune ou plutôt cuivrée, présentant les traits caractéristiques des races bohémiennes, et de grands yeux noirs d'un éclat singulier. — Son corps, irréprochable dans la partie supérieure, était par en bas affreusement difforme. — Ses jambes recourbées, atrophiées, inertes, disparaissant sous des bandelettes pareilles à celles d'une momie égyptienne, refusaient de supporter le poids du torse, amplement développé.

Cet homme ne parvenait à se mouvoir qu'avec une extrême lenteur et à l'aide de deux béquilles dont il ne se séparait jamais.

La petite fille, blanche comme une créole, avec des cheveux sombres d'une prodigieuse opulence, réalisait un type de beauté idéale rêvé par les peintres et les poëtes.

On ne tarda point à savoir dans le pays que l'*estropié* (c'est ainsi qu'on désigna le nouveau venu) exerçait la profession de *rétameur*. — On le voyait, pendant des journées entières, assis ou plutôt accroupi sur la berge, devant sa porte, à côté d'un réchaud bourré de charbons ardents et supportant une vieille marmite de fer à moitié pleine de métal liquéfié.

Autour de lui s'entassaient les chaudrons et les casseroles qu'il revêtait d'une brillante couche d'étain, à la grande joie des ménagères d'Auteuil.

La petite fille l'aidait à aller chercher et à reporter l'*ouvrage* chez les pratiques.

Elle était si mignonne, si charmante, cette enfant, et si propre sous ses pauvres vêtements raccommodés tant bien que mal avec du gros fil de diverses couleurs, que tout le monde aimait à la voir.

On l'attirait volontiers dans les maisons, et à chacune de ses tournées on lui donnait force friandises, de petits sous et même souvent des pièces blanches.

Elle recevait ces cadeaux d'un air sérieux, sans sourire et presque sans remercier. — On eût dit une de ces *infantes* de cinq ans, que Vélasquez aimait à peindre, accueillant avec dignité les hommages et les redevances de ses sujets.

— Pourquoi toujours silencieuse? — demandait-on parfois au rétameur. — Est-ce que cette petite est muette?

— Non, — répondait-il d'une voix gutturale, empreinte d'un accent étranger très-prononcé, — mais elle entend mal le français et ne le parle pas du tout...

— C'est votre fille?... — continuaient les curieux.

— Oui.

— Sa mère n'est donc point avec vous?

— Sa mère est morte...

— Êtes-vous Français?

— Non.

— De quel pays venez-vous?

— D'un pays que vous ne connaissez pas.

— Bien loin d'ici?

— Oui, bien loin.

Le laconisme du cul-de-jatte glaçait les paroles sur les lèvres de ses interlocuteurs, et la conversation en restait là.

Le moment approchait où ces deux personnages si tranquilles et si dignes d'intérêt en apparence, — un estropié et un enfant, — allaient jouer un rôle actif dans un drame effrayant.

XIII

ENTREVUE NOCTURNE

Dix heures du soir venaient de sonner.

De grands nuages sombres cachaient la lune et rendaient les ténèbres impénétrables.

Une pluie torrentielle tombait sans relâche, — un vent impétueux soufflait à travers les grands arbres des parcs d'Auteuil, arrachant à leurs ramures agitées d'étranges gémissements.

La Seine, prise à revers par les tourbillons, se soulevait en une multitude de petites vagues qui venaient battre les berges avec un bruit monotone et continu, presque pareil au sourd fracas de la marée lointaine.

Auteuil tout entier semblait endormi, et c'est à

peine si de rares lumières brillaient çà et là aux fenêtres des maisons de ses rues désertes.

Transportons-nous près de la hutte sinistre et dévastée dont nous avons parlé dans le précédent chapitre, et franchissons le seuil de cette misérable demeure.

Le premier regard ne parvenait guère à distinguer les objets, tant les âcres et épaisses vapeurs d'un mauvais tabac obscurcissaient l'atmosphère et se condensaient en nuages blanchâtres autour de la mèche fumeuse d'une chandelle placée sur une petite table au milieu de la chaumière.

Peu à peu, cependant, les yeux attentifs réussissaient à sonder ce brouillard opaque et entrevoyaient deux figures humaines immobiles.

C'était d'abord l'*estropié*, assis à côté de la table et de la lumière, et fumant une pipe courte et fétide, avec le flegme d'un Hollandais et la gravité d'un fakir.

C'était ensuite, étendue sur une botte de paille recouverte d'une sorte de haillon bigarré, la délicieuse petite fille blanche et brune décrite par nous précédemment.

Cette charmante créature dormait d'un sommeil calme et profonde. — Sa poitrine se soulevait avec une régularité parfaite, et l'odeur abominable du tabac de contrebande ne semblait point gêner sa respiration enfantine.

Tout, d'ailleurs, dans l'intérieur de la hutte, décelait la misère abjecte et sordide.

A l'exception de la table en bois brut et de deux escabeaux boiteux, on ne voyait pas le moindre meuble.

Des bottes de paille et des joncs desséchés tenaient lieu de lit pour le *rétameur* aussi bien que pour la petite fille.

Une casserole de fer-blanc bosselée, et deux assiettes de faïence ébréchées, composaient la batterie de cuisine et la vaisselle du ménage.

Au milieu des tourbillons de fumée qui l'enveloppaient, la figure de l'estropié, ce visage aux traits énergiques et couleur de bronze, offrait une expression effrayante.

Ses yeux noirs, habituellement cachés à demi par l'ombre d'un large chapeau aux bords rabattus, avaient en ce moment un regard fixe et cruel.

Ses lèvres minces et bistrées souriaient d'un mauvais sourire quand le tuyau noir de la pipe se séparait d'elles pour une seconde.

A coup sûr, dans ce crâne proéminent, sous ces cheveux noirs, épais et crépus, mêlés çà et là de touffes blanches, s'agitaient confusément de hideuses pensées et se combinaient des projets infâmes.

Le paisible *rétameur*, que tous les habitants d'Auteuil connaissaient, subissait dans la solitude une transformation complète.

N'étant plus exposé aux regards, et cessant de veiller sur lui-même, il reprenait sa forme réelle, son aspect véritable, — il offrait le type et l'incarnation du bandit prêt à tous les crimes.

Une dernière bouffée de vapeur s'exhala de ses lèvres, et la pipe s'éteignit.

Il frappa de son ongle le fourneau renversé pour en faire tomber les cendres, puis il fouilla dans ses poches, mais sans résultat; — elles étaient vides.

— Plus de tabac! — murmura-t-il avec un effroyable juron, — pas de chance! — Reste-t-il de l'eau-de-vie, au moins?

Tout en s'adressant cette question il se leva, et sans le secours de ses béquilles, car ses jambes débarrassées des bandelettes qui les enveloppaient pendant le jour étaient excellentes quoiqu'un peu maigres, il se dirigea vers l'un des angles de la chaumière, où, sur une planchette fixée à la muraille par deux clous, il prit une bouteille et un gobelet d'étain.

La bouteille était encore à demi pleine de ce liquide alcoolique et jaunâtre qui porte le nom d'eau-de-vie chez les cabaretiers des environs de Paris.

Le faux cul-de-jatte ébaucha un geste de satisfaction, — il revint s'asseoir et il allait se verser une première rasade, quand un bruit soudain le fit tressaillir.

Il interrompit le geste commencé et il prêta l'oreille avec une profonde attention.

On venait de frapper un coup faible, mais parfaitement distinct, contre la porte de la cahute.

Après un intervalle très-court, un second coup fut frappé, puis un troisième, et une sorte de roulement sourd et continu leur succéda.

Le rétameur ouvrit une étroite lucarne qui donnait sur la berge, et approchant son visage de cette ouverture il demanda :

— Qui frappe à ma porte à pareille heure ?...

Un éclat de rire lui répondit d'abord, puis une voix joyeuse s'écria :

— Allons, compère, tire tes verrous, — je t'apporte quinze chaudrons et vingt-deux casseroles à rétamer... Quelle aubaine !

— Est-ce toi, Pictonpain ? — reprit le faux cul-de-jatte avec un reste de défiance.

— Ah ! de par tous les diables, si ce n'était moi, qui serait-ce donc ?... Dépêche-toi de m'introduire dans ton domicile, — la pluie me trempe, le vent me gèle, et je sens que je vais m'enrhumer du cerveau...

Le rétameur, enfin convaincu de l'identité de son visiteur nocturne, se décida à ouvrir la porte sans plus de retard, et le nouveau venu fit irruption et se mit à se secouer comme un caniche mouillé.

— Proutt ! — grommela-t-il ensuite, — quel fichu temps, nom d'une pipe !... — De par tous les diables ! on ne mettrait pas cette nuit un gendarme à la porte...

— Ya-t-il moyen de faire un peu de feu, compère ?...

— Oui, — répondit le rétameur.

— Alors, dépêche-toi, — tu m'obligeras... — je ne suis pas douillet, tu le sais bien, mais j'ai peur du rhume... — Le rhume, c'est ma bête noire... — quand j'éternue, il me semble que ma machine se détraque !...

Dans l'un des angles de la hutte, une sorte de foyer était pratiquée. — Rien ne se pouvait voir de plus primitif. — Ce foyer consistait en une large pierre plate posée sur le sol et en deux gros cailloux servant de chenets.

Une ouverture étroite, percée dans le toit, avait pour fonction de laisser s'échapper la fumée, — fonction dont elle s'acquittait d'ailleurs assez mal.

Le rétameur ramassa dans un angle une brassée de roseaux desséchés et de menu bois, — il plaça ces matières essentiellement inflammables sur les cailloux jouant le rôle de chenets et il y mit le feu.

Une flamme pétillante jaillit aussitôt et monta presque jusqu'aux solives pourries du plafond.

— Diable ! diable ! — fit Pictonpain, — prends garde d'incendier l'immeuble !... — On dit que les loyers renchérissent et qu'on ne trouve plus à se loger...

Le rétameur se mit à rire.

— As pas peur ! — répondit-il, — feu de paille flambe, mais n'allume point.

Et, comme pour confirmer ces paroles, la flamme s'abaissa presque aussitôt.

— Veux-tu boire un coup? — ajouta le faux cul-de-jatte.

— Qu'est-ce que tu m'offres en fait de boisson?...

— De l'eau-de-vie...

— Accepté, nom d'une pipe!... — chauffer le dedans en même temps que le dehors, bonne affaire!...

La masure ne contenait qu'un seul gobelet.

Les deux hommes le remplirent et le vidèrent successivement.

— Saperlotte! — s'écria Pictonpain avec conviction, — elle est fameuse, ton eau-de-vie! Une aune de flanelle de santé sur l'estomac, parole sacrée! Encore un verre, mon compère; allumons une pipe et causons d'affaires.

— Hélas! — murmura le rétameur, — impossible.

— Pourquoi donc?

— Plus de tabac.

— Comme ça se rencontre! Justement ma blague est pleine!

— Vive la charte! — dit en faisant une pirouette le faux cul-de-jatte transporté de joie.

Pictonpain posa sur la petite table la vessie de porc qui lui servait de récipient et que gonflait un tabac

sans nom, auquel servaient de base dès détritus de
cigares hachés.

Un instant après les deux pipes pouvaient lutter
sans désavantage avec les cheminées de deux locomotives.

Ni le bruit de la porte successivement ouverte et
fermée, ni les soudaines lueurs du feu, ni la conversation des deux hommes ne réveillaient la petite fille,
tant est calme et profond le sommeil de l'enfance,

— Maintenant, — dit alors le rétameur, — rien
ne nous manque, ce me semble, et nous pouvons
causer à notre aise.

— Je suis venu ici tout exprès pour ça, — répondit Pictonpain. — Causons.

Le nocturne visiteur était un tout petit homme
grêle et chétif, d'une apparence si frêle et si souffre-
teuse qu'on devait le croire et qu'on le croyait en
effet incapable de tout travail.

En réalité, sous cette piteuse enveloppe, la nature
capricieuse avait caché des nerfs et des muscles d'a-
cier.

Pictonpain tirait habilement parti de sa trompeuse
faiblesse.

Il s'était fait mendiant ambulant.

A peine vêtu de loques sordides, et portant sans
cesse une vieille besace sur son épaule, il parcourait
d'un pas clopinant, mais infatigable, les campagnes
de la banlieue de Paris.

Il s'arrêtait à toutes les portes, d'un air humble et suppliant ; il ôtait le chapeau crasseux et bossué qui couvrait sa tête anguleuse ; il tendait la main et il marmottait une suite de phrases indistinctes, qui n'offraient aucun sens et ne se reliaient point entre elles, mais qu'émaillaient çà et là quelques bribes de latin défiguré.

Les bonnes gens prenaient ce *galimatias* pour une oraison murmurée bien dévotement.

Le latin produisait un grand effet sur eux...

— Pictonpain n'est point un ignorant ! — se disaient-ils volontiers ; — il en sait, pour le moins, tout aussi long que notre curé.

Et d'abondantes aumônes de morceaux de pain, de légumes et de fruits, remplissaient la besace antique.

Assez souvent, le lendemain du jour où le mendiant était venu frapper à la porte, un vol hardi se commettait dans la maison du paysan charitable, mais jamais, au grand jamais, la pensée n'était venue à personne d'accuser ou seulement de soupçonner de ce vol le chétif et pieux quémandeur.

Or, on le devine, le véritable, le seul coupable, était celui qu'on ne soupçonnait pas.

Ceci bien posé pour l'intelligence de ce qui va suivre, retournons à la hutte d'Auteuil et assistons à l'entretien des deux misérables.

— Pictonpain, mon brave garçon, — dit le rétameur, — puisque tu es venu à pareille heure, par ce fichu temps, tout exprès pour dialoguer avec moi, il faut que tu aies quelque chose d'intéressant à me proposer...

— Naturellement, compère... — répliqua le mendiant.

— Il s'agit d'une *affaire?*

Le mot que nous venons de souligner fut accentué de manière à lui donner une signification facile à comprendre.

— Oui, — dit Pictonpain.

— Petite ou grosse?

— Énorme.

— Facile?

— Donnez-vous la peine d'entrer les mains vides et de vous en aller les poches pleines!... Voilà!...

— Du *nanan*, alors!...

— Tout juste... — C'est à s'en lécher les babines...

— Diable!... — Et c'est aujourd'hui que tu as trouvé ça, mon bon garçon?...

— Voici tantôt cinq ou six jours que je mitonne la chose...

— Quand ça se jouera-il?...

— Dans la nuit de demain.

— Pourquoi pas cette nuit même?...

— Pour des raisons...

— Suffit!... Y aura-t-il loin à aller?...

— Nenni, mon compère... — Tu peux compter

qu'il ne te faudra pas de béquilles et que tu ne te fatigueras point les jambes...

— C'est donc à Auteuil même?

— Oui, c'est à Auteuil... — En moins d'un quart d'heure nous nous rendrons de ton domicile à l'endroit en question...

— Parfait! Rien au monde ne donne du courage comme de travailler près de chez soi...

— Si j'avais un *chez moi*, ça serait sans doute aussi mon avis... — N'en ayant pas pour le quart d'heure, je fonctionne n'importe où, avec une égale activité. Je ne tiens qu'à une seule chose, c'est que la récolte soit bonne, et je te garantis que demain soir elle le sera! — Jamais de ta vie, mon compère, tu ne te seras vu à pareille fête...

— Je demande des détails...

— Tu vas en avoir... — Connais-tu cette belle maison qu'on appelle dans le pays *la Folie-Normand?*

— Comment ne connaîtrais-je pas la plus superbe maison d'Auteuil?... — C'est un véritable château.

— Et bien, c'est là que nous opérerons la nuit prochaine...

Le rétameur fit une grimace parfaitement visible.

— Eh bien, quoi?... — s'écria Pictonpain avec vivacité. — Qu'est-ce que c'est... qu'y a-t-il donc?..

— On dirait, à voir ta mine allongée, que ton enthousiasme a des bornes!...

— Et l'on aurait raison d 'e dire, — répliqua le rétameur, — car je me dema., le, en ce moment, si tu jouis bien de ton bon sens...

— Pourquoi cette question saugrenue?...

— Tu me parlais tout à l'heure, n'est-il pas vrai, d'une opération simple et facile...

— J'en ai parlé et j'en reparle...

— Et tu ajoutes, aussitôt après, que c'est à la Folie-Normand que nous travaillerons.

— Sans doute...

— Mais, mon bon garçon, tu n'as donc jamais regardé les murailles qui entourent la propriété?

— J'ai fait mieux que les regarder, je les ai mesurées avec soin et exactitude... — elles ont quatorze pieds de haut...

— Sans compter, — reprit le rétameur, — qu'une broussaille de fer aux pointes aiguës en garnit le couronnement et rend toute escalade impossible.

— J'ai pris bonne note des pointes de fer, — répliqua Pictonpain ; — l'escalade me paraît, comme à toi, n'offrir aucune chance de succès...

— Et néamoins, tu persévères dans tes proj 'ts?...

— Nom d'une pipe, je le crois bien!

— Tu n'as donc point remarqué deux niches placées dans l'intérieur de l'avenue, à la droite et à la gauche de la grille principale, et renfermant chacune un chien de Terre-Neuve 'grand comme un veau?...

— Deux animaux de toute beauté et qui valent bien de l'argent!... — répliqua Pictonpain avec insouciance. — On les lâche dès qu'il fait nuit... — je les crois parfaitement féroces et je parierais double contre simple qu'il leur ne faudrait pas plus de cinq minutes pour dévorer bel et bien un homme de ta taille et deux de la mienne.

Le rétameur regarda le mendiant d'un air stupépéfait.

Pictonpain se mit à rire.

— Tu connais les chiens et tu persistes?... — murmura le faux cul-de-jatte.

— Mon Dieu, oui... — tous ces obstacles qui t'épouvantent ne sont pour moi que d'insignifiantes bagatelles... — Y a-t-il autre chose encore?...

— Oui... oui... — répondit le rétameur, — il y a autre chose...

— Ne te gêne pas... va, mon bonhomme... quand tu auras complétement fini, je répondrai à tout à la fois... — Mon verre est plein, ma pipe est bourrée, mes habits sèchent, rien ne nous presse... — prends ton temps et parle à ton aise...

Pictonpain s'enveloppa d'un nuage de fumée et le rétameur continua ses objections.

XIV

CE QUI SE DIT ENTRE DEUX COQUINS DANS LA HUTTE
D'AUTEUIL

L'estropié, nous l'avons dit, ne se tenait point pour battu.

Il poursuivit :

— La Folie-Normand est une maison grande comme un château ou comme un palais. — Ça doit se louer très-cher et c'est habité par des gens très-chéris...

— Naturellement, — interrompit Pictonpain. — Sans ça, l'affaire que je te propose ne serait pas si belle.

— D'accord ! mais il y a là dedans, j'en suis sûr, beaucoup de maîtres et beaucoup de domestiques.

— Pas tant que tu crois, mon compère. — En voici
le compte tout au juste... — Les maîtres sont des marquis étrangers, — italiens, je crois, — avec un nom
dont je ne me souviens pas bien, mais qui finit en *a*...
Il y en a trois... une vieille dame, un jeune homme
d'une trentaine d'années, qui est son fils, et la femme
de celui-ci, une péronnelle de dix-sept ou dix-huit ans
tout au plus.

— Le jeune homme de trente ans est-il solide ?

— Il en a l'air : c'est un grand et beau gaillard qui
tire du pistolet toute la journée sur une plaque de
fonte qui est au fond du jardin. — Tu dois l'entendre
d'ici.

Le rétameur fit la grimace.

— Diable ! le pistolet ! — dit-il, — c'est un joujou
bien malfaisant. Enfin, passons : trois maîtres, c'est
déjà quelque chose. Et combien de domestiques ?

— Pas plus de cinq.

— C'est assez joli !

— Un cocher, un valet de chambre, une cuisinière,
une femme de chambre et un petit bonhomme pas
plus haut que ça qui monte derrière le cabriolet du
monsieur.

— Eh bien ! eh bien, mais il me semble que voilà
une maison pas trop déserte. — On peut se trouver
d'une minute à l'autre avoir huit personnes sur les
épaules.

— Les femmes ne comptent pas ! — répliqua Pictonpain d'un air dédaigneux.

— Les femmes comptent très-bien, au contraire, attendu que dans ces occasions-là une seule femme fait plus de tapage et crie plus haut qu'une demi-douzaine d'hommes.

— As-tu dit tout ce que tu avais sur le cœur ? T'es-tu suffisamment épanché ?

— A peu près.

— Tu n'as plus rien à ajouter ?

— Je ne crois pas ; et d'ailleurs je suppose qu'à moins que tu ne sois complétement fou, j'ai dû te faire toucher du doigt toute l'absurdité de ton projet.

Pictonpain secoua la tête.

— Tu persistes ?... — demanda le rétameur.

— Énormément, mon compère, et dans trois minutes tu seras de mon avis, tu me donneras raison et tu m'admireras.

— J'en doute très-fort.

— Tu vas voir, — tu viens de parler à ton aise, c'est à mon tour de répondre, — prête-moi toute ton attention.

Le rétameur fit un geste qui signifiait clairement :
— J'écoute de mes deux oreilles.

— Procédons par ordre, — poursuivit le mendiant, — et reprenons les objections l'une après l'autre...

— Soit...

— Rappelle-moi méthodiquement les obstacles que tu viens d'énumérer avec tant de complaisance ; je me charge de les renverser sans la moindre peine.

— J'ai parlé d'abord des murailles de quatorze pieds de haut, avec broussailles de fer au couronnement.

— Bagatelle, pure bagatelle qui ne saurait nous arrêter un instant, et voici pourquoi. — Les jardins s'étagent derrière la maison presque jusqu'au sommet de la côte. — La muraille, dans cette partie élevée, longe des terrains déserts à moitié couverts de grandes herbes... — Il y a dans cet endroit une petite porte de dégagement.

— Vermoulue, peut-être ? — s'écria vivement le rétameur.

— Presque neuve, au contraire, et fermée intérieurement par de bons verrous.

— Pourquoi diable, alors, me parles-tu de cette porte ? — fit le faux cul-de-jatte d'un ton dépité.

— Parce que c'est par cette porte que nous entrerons...

— Comment?...

— Tout à côté se trouve une sorte de lucarne ronde, un œil-de-bœuf tellement étroit qu'un homme n'y pourrait passer et qu'on ne s'est pas donné la peine de le garnir de barreaux de fer, — des lierres épais le cachent au dedans et je parierais volontiers que les locataires actuels et peut-être même le propriétaire

10.

lui-même ne savent seulement pas qu'il existe... — Que dis-tu de cela, compère?...

— Je ne dis absolument rien. — Puisqu'un homme ne viendrait point à bout de s'introduire par là, à quoi cet œil-de-bœuf peut-il nous servir ?...

— C'est aussi ce que je m'étais dit d'abord, — mais j'ai réfléchi, j'ai cherché, je me suis donné du mal, et, comme je suis un homme de grand esprit, il m'est venu une idée sublime !...

— Peste! — fit le rétameur en riant, — ne t'égratigne donc pas, hein! compère!...

— Tu vas voir.

— J'avoue que je suis curieux de connaître ton idée *sublime!*...

— Oh! mon Dieu, elle est bien simple, comme toutes les grandes choses... J'ai pensé à la petiote...

— A Bijoute?... — demanda le rétameur en étendant sa main vers l'enfant endormie.

— Tout juste. — Elle est mince comme une baguette et souple comme une anguille, cette fillette... avec cela point sotte du tout pour son âge, et très-obéissante... — Elle entrera dans la lucarne comme une lettre à la poste... Nous la ferons passer les pieds les premiers... il n'y a pas assez haut de la lucarne au terrain pour qu'elle puisse se blesser en tombant... D'ailleurs elle se retiendra aux lierres, qui sont bien assez forts pour la soutenir. — Une fois dans le jardin, elle tirera les verrous et elle nous

ouvrira la porte... Ça n'est pas plus malin que ça.
Eh bien, compère, qu'en penses-tu maintenant ? Est-
ce beau ? est-ce ingénieux ? est-ce complet ?

— Franchement, — répondit le rétameur, — je
conviens que ça n'est pas mal inventé.

— A la bonne heure ! Quand je te dis qu'il y a des
bonnets verts à Brest, à Toulon, à Rochefort, qui ont
acquis une forte célébrité en cour d'assises, et qui ne
sont pas si malins que moi.

— Je commence à le croire.

— Tu me rends justice... — ça me fait plaisir et je
propose de boire un coup.

— Buvons-en deux.

— Bonne eau-de-vie, sur ma parole ! A ta santé,
compère !

— A la tienne !

Le rétameur reprit :

— Bref, nous voici dans le jardin. C'est très-bien,
mais il y a les deux chiens de Terre-Neuve, ces
grands mâtins d'animaux qui vous ont des gueules de
requins et qui nous croqueront comme chair à sau-
cisses sans se faire prier.

— Allons donc !... j'aurai pris soin d'y mettre
bon ordre.

— De quelle manière ?

— Nous ferons le coup vers minuit, et dès dix
heures du soir je leur aurai administré, à travers la
grille, deux petites boulettes de ma façon qui les

mettront hors d'état de mordre jamais personne.

— Ils doivent être bien nourris, ces animaux-là, et dans la pâtée jusqu'au cou! Voudront-ils manger tes boulettes?

— Oh! quant à ce qui est de ça, j'en réponds... je possède une recette infaillible. — Si tu portais seulement gros comme une noix de ma composition dans une de tes poches, tous les caniches du pays te suivraient jusqu'au bout du monde, en se pourléchant les babines et en remuant la queue à se la disloquer... mets-toi donc l'esprit en repos.

— Tu as réponse à tout.

— Je m'en flatte.

— Parlons un peu maintenant du monsieur aux pistolets.

— Le monsieur aux pistolets — (lequel me paraît, soit dit entre parenthèses, te chiffonner beaucoup l'imagination) — n'est point à craindre pour nous en ce moment, par l'excellente raison qu'il s'est mis en route ce soir même, avec sa jeune femme, dans une chaise de poste chargée de malles, ce qui annonce un assez long voyage... — Le valet de chambre était sur le siége, en petite livrée, en casquette vernie à galon d'or, et la vieille dame faisait près de la grille des adieux à n'en plus finir...

— De telle sorte, — dit le rétameur, — que cette vénérable ancêtre se trouvera toute seule à la Folie-Normand?

— Oui, avec le cocher, le petit domestique et les
deux servantes... — mais le cocher couche dans le
bâtiment des écuries, au-dessus de ses chevaux, assez
loin pour ne rien entendre de ce qui se passe dans la
maison... — il ne reste donc que la vieille, le gamin
et les deux femmes... ça n'est pas bien lourd,
comme tu vois.

— Oui... oui... l'affaire me paraît prendre tournure.

— Ainsi, tu es converti?

— Tout à fait.

— C'est heureux!... — il n'y a pas encore cinq
minutes que tu me traitais de fou!...

— Je crois maintenant que ça marchera comme sur
des roulettes.. — As-tu une idée quelconque de la
manière dont nous nous introduirons dans le logis?

— Pas encore, mais nous ne sommes pas assez
sots pour nous inquiéter de si peu de chose... —
nous trouverons un moyen, et un bon, et ça ne sera
pas long, tu peux compter là-dessus.

— Il doit y avoir de l'argent, des bijoux et de
l'argenterie à remuer à la pelle dans cette cassine?

— J'y compte bien.

— Seulement nous ignorons où niche tout cela.

— Bah! nous chercherons... — j'ai le nez fin, —
le métal m'attire... tu verras...

— Je ne redoute plus qu'une seule chose...

— Laquelle?...

— C'est que les femmes ne se réveillent.

Pictonpain fit un geste de féroce insouciance.

— Espérons pour elles, — dit-il ensuite d'un ton dégagé, — qu'elles ne se réveilleront pas...

— Mais enfin, il est bon de tout prévoir... — Si cela arrivait?...

— Si cela arrivait, compère, il faudrait recourir aux grands moyens... — Nous possédons de petits couteaux avec la manière de nous en servir... — tu n'es pas homme, j'imagine, à reculer devant quelques gouttes de sang répandu, quand il n'y a pas moyen de mener les choses en douceur...

— Sans doute, mais c'est jouer bien gros jeu!... — les galères, passe encore, mais *l'abbaye de Monte-à-regret*, diable! ça ne me va guère... — Sais-tu que je tiens à ma tête?...

— Comme moi à la mienne, pardieu!... Ce détail ne me fait pas reculer pourtant. Qui ne risque rien n'a rien.

— Oh! j'irai de l'avant, sois tranquille, puisque la chose en vaut la peine.—Mais comment nous débarrasserons-nous du butin?

— Je me charge de liquider.

— Tu as acheteur?

— Oui.

— Qui donc?

— Un honnête coquin plus cousu d'or qu'une chape d'évêque, un vieil arabe avec qui j'ai déjà

fait des affaires... il s'appelle le père Legrip... il
demeure en haut de l'avenue de Neuilly dans une
petite maison mieux barricadée qu'une prison... il
achète tout ce qu'on lui porte, pourvu que ce soit
des matières d'or ou d'argent, et il ne vous fait pas
attendre votre paiement cinq minutes.

— Voilà un brave homme et je l'estime.

— J'irai le trouver après-demain soir.

— C'est-à-dire nous irons le trouver ensemble.

— Est-ce que tu te défies de moi, compère, par
hasard?

— Que le ciel m'en préserve, ami Pictonpain! —
J'ai autant de confiance en toi qu'en moi-même et
peut-être plus... — Seulement, je connais par expérience toute la faiblesse humaine et je veux t'éviter
une tentation qui serait peut-être trop forte.

Pictonpain se mit à rire.

— Soit, — dit-il, — nous irons ensemble. — Oh!
moi d'abord je suis bon enfant.

Ces mots terminèrent l'entretien.

Les deux bandits que nous mettons en scène ab-
sorbèrent encore quelques rasades d'eau-de-vie
frelatée, puis le rétameur fit deux parts de la paille
et des roseaux qui lui servaient de matelas.

Il mit généreusement l'une de ces parts à la disposition de Pictonpain, qui s'étendit avec un bien-
être manifeste sur cette couche improvisée.

Un instant après le faux cul-de-jatte et le mendiant

dormaient côte à côte, d'un sommeil aussi profond que celui de l'innocence.

Rien de plus naturel, après tout !

N'avaient-ils point, l'un comme l'autre, l'âme tranquille et la concience satisfaite ?

§

Laissons s'écouler le reste de cette nuit et toute la journée qui suivit, et franchissons de nouveau le seuil de la hutte délabrée au moment où onze heures du soir sonnent au clocher d'Auteuil.

Le rétameur et la petite fille étaient seuls.

Bijoute (nous savons maintenant que la jolie enfant portait ce nom singulier) ne dormait point comme la veille.

Assise dans un coin, d'un air grave et réfléchi, elle attachait le regard fixe de ses grands yeux noirs sur le faux cul-de-jatte, qui se promenait de long en large dans l'étroit espace borné par les quatre murailles croulantes.

Évidemment l'honorable personnage attendait avec impatience.

Enfin un pas rapide, quoique inégal, retentit au dehors, et trois petits coups furent frappés contre la porte vermoulue.

Le rétameur ouvrit aussitôt et Pictoupain fit une

entrée triomphante. — Toute sa chétive personne
respirait la joie du succès.

— Il paraît que ça va bien?... — dit vivement le
maître du logis.

— Pardieu! compère, — répliqua le mendiant, —
ça va toujours bien quand je m'en mêle...

— Tu viens de la Folie-Normand?

— C'est-à-dire, je viens de monter une faction
hors de tour devant la grille... — Le petit domestique a lâché les toutous une bonne demi-heure plus
tard qu'à l'ordinaire...

— Et leur affaire est faite?

— Naturablement!... — Les bons animaux ont
gobé la pilule comme s'ils n'avaient rien mangé
depuis huit jours!... — Ils n'en ont fait qu'une bouchée et ils en demandaient encore... — Ah! les
gaillards! — Sont-ils assez portés sur leur bouche?
Sac à papier, voilà de jolis gourmands!!

— Alors, présentement, ils ont vécu?...

— Tu vas trop vite... — Il faut environ une petite
heure pour que la médecine fasse son effet... — Ils
vivotent encore, ces chéris, mais à onze heures et
demie, bonsoir la compagnie... plus personne... —
Or, comme nous n'agirons qu'à minuit, nous les
trouverons déjà froids.

— Eh bien, attendons une heure ici.

— Non, — partons tout de suite... Je crois bon
d'arriver sur le terrain un peu d'avance... — Ça

I.   11

donne le temps de s'organiser à son aise et de prendre ses précautions...

— Comme tu voudras... — répondit le rétameur.

— Tu as la lanterne?...

— La voici...

— Ton couteau?...

— Il est dans ma poche, tout ouvert.

— Et les bibelots ?...

— Ils sont dans le sac que voilà... — Oh! je n'ou-
blie rien!... — Allons, Bijoute, nous *décarrons*... —
Sur tes pattes, ma fille, et plus vite que ça!... —
En route, mauvaise troupe!...

L'enfant ne répondit pas et se leva vivement.

Le rétameur prit de la main gauche une petite
lanterne sourde peinte en noir.

Il jeta sur son épaule une sorte de longue besace
en grosse toile, gonflée par divers objets.

Il ouvrit la porte de la cahute, et, après avoir
éteint la chandelle, il sortit, suivi de la petite fille
et de Pictonpain.

Puis tous trois se dirigèrent vers la gauche, dans
une obscurité profonde, en côtoyant les berges gazonnées de la Seine, afin d'éviter la grande route,
cependant tout à fait déserte.

XV

UNE BONNE ACTION DU RÉTAMEUR

La nuit était aussi noire que celle de la veille, mais beaucoup plus calme.

Il faisait un temps très-doux. — Aucun souffle d'air ne venait rider la surface de la rivière, qui coulait silencieusement entre ses rives gazonnées.

De grands nuages immobiles couvraient le ciel et formaient au-dessus de la campagne une immense coupole d'ébène.

Les deux hommes marchaient vite, sans échanger une seule parole. — L'enfant se hâtait pour les suivre.

Au bout de huit ou dix minutes Pictonpain, qui dirigeait l'expédition, quitta la route et prit sur la droite une ruelle étroite et montueuse, bordée à droite et à gauche par les murailles d'enceinte de deux propriétés importantes.

L'une de ces propriétés était la Folie-Normand.

Il fallut près d'un quart d'heure à nos personnages pour atteindre le plateau de la colline sur le revers de laquelle s'étalaient les jardins.

Pictonpain prit alors à gauche et pénétra dans le terrain inculte, rempli de broussailles et de grandes herbes, dont il avait parlé au rétameur la nuit précédente.

Il marcha pendant quelques minutes encore, puis il s'arrêta, et, se tournant vers son compagnon, il dit à voix basse :

— La petite porte est ici.

— Et l'œil-de-bœuf ?... — demanda le cul-de-jatte du même ton.

Le mendiant, après avoir suivi à tâtons la muraille pendant un espace de dix ou douze pas, répondit :

— Voilà l'œil-de-bœuf.

Le rétameur palpa l'ouverture.

— Diable !... — fit-il, — c'est bigrement étroit !... — D'après tes explications, j'avais cru le trou plus large...

— Il n'a pas besoin de l'être davantage, s'il l'est assez... — répliqua Pictonpain.

— Oui, s'il l'est assez... mais je doute !... — Quoique la petite soit bien mince, jamais elle ne passera par là !...

— Tiens, tu me fais mal ! ! — murmura le mendiant
avec ironie. — Je m'y connais aussi bien que toi peut-
être... — Je soutiens qu'elle y passera et que ça ne
fera pas un pli !...

Le rétameur secoua la tête.

Les ténèbres cachèrent à Pictonpain ce geste d'incrédulité persistante, mais il le devina.

— Ah ! tu t'entêtes à douter ! — dit-il. — Eh bien,
veux-tu parier ta part du butin de cette nuit contre la
mienne ?... Je tiens le pari et je suis ton homme ! !...

Le rétameur ne répondit pas.

L'assurance de son complice commençait à ébranler
sa conviction.

Pictonpain reprit :

— Tu hésites, et tu fais bien... — d'ailleurs, avant
qu'il soit peu, tu auras la preuve manifeste que j'ai
le coup d'œil autrement juste que toi...

Après un court silence, il continua d'une voix de
plus en plus basse :

— Bijoute sait-elle de quoi il retourne ?

— Oui.

— Tu lui as expliqué la chose en détail ?...

— Depuis A jusqu'à Z...

— Elle a bien compris ?

— Comme père et mère.

— Ça ne lui a pas fait peur ?...

— Peur, allons ! ! — tu ne la connais guère !... le
diable en personne ne l'effrayerait pas...

— Vraiment?...

— C'est comme je te le dis...

— Alors, elle n'a point fait d'objections?

— Plus souvent!... — elle aurait volontiers dansé de joie, au contraire...

— C'est un vrai trésor que cette petite-là, mon compère!! — murmura Pictonpain avec une conviction profonde.

— Pardieu, je le sais bien!...

— Est-ce que c'est ta fille ?

— Non...

— Une enfant trouvée, alors?...

— Pas davantage...

— Une enfant volée?...

— Tu n'y es point...

— Ni trouvée, ni volée, — ma foi, je jette ma langue aux chiens... et à moins qu'elle ne te soit tombée du ciel...

— Ce n'est pas ça non plus... — Bijoute est une bonne action que j'ai faite...

— Une bonne action!!... toi!!...

— Mon Dieu, oui...

— Mais c'est le monde renversé!...

— Une fois n'est pas coutume...

— Raconte-moi l'histoire... elle doit être curieuse... et nous avons du temps devant nous.

— Elle n'est ni longue ni drôle, l'histoire... — Enfin, la voici telle quelle : — Avant de m'établir à

Auteuil je courais les foires et les marchés avec une petite carriole et un âne...

— Et tu rétamais ?...

— Naturellement, puisque je suis rétameur...

— Quand tu ne trouvais rien de mieux à faire, j'imagine ?...

— Bien entendu...

— Continue, mon compère, — ce début m'intéresse, quoique jusqu'à présent il ne sorte point de l'ordinaire.

— Un beau jour, c'était à Angers, — je tombai amoureux...

Pictonpain se mit à rire.

— Ah ! par exemple, — fit-il, — c'est ça qui devait être cocasse, avec tes jambes en manches de veste, ficelées comme des cervelas !

— Oh ! mes jambes en valaient bien d'autres... je n'avais pas encore eu l'invention de me transformer en estropié...

— A la bonne heure !... — Bref, tu devins amoureux, et de qui grand Dieu ?...

— D'une fille très-belle, une espèce de bohémienne dans mon genre, qui s'appelait Mirza...

— Qu'est-ce qu'elle faisait, cette Mirza ?

— Elle *allumait* le public à la porte d'une baraque de saltimbanques... — elle avalait des épées parfaitement bien, et dévorait des poulets crus et des étoupes enflammées...

— Enfin, c'était une artiste dramatique...

— Comme tu dis, et pleine de talent...

— Tu lui déclaras ta flamme?

— Oui.

— Elle t'accueillit favorablement?...

— Elle me rit au nez.

— Ah bah!... et pourquoi donc ça?...

— Parce que j'étais rétameur et qu'elle me trouvait au-dessous d'elle...

— Oh! les femmes!... les femmes!!!... — dit philosophiquement Pictonpain, — frivoles et vaniteuses créatures!!!

Puis il reprit :

— Alors, que fis-tu?

— Je m'arrachai des poignées de cheveux et je maigris de désespoir...

— Ça, par exemple, c'était bête!

— Je ne tardai point à m'en apercevoir et je pris un grand parti...

— Lequel?

— Les fermiers des environs venaient tous, chaque semaine, à la foire d'Angers. — Ils y vendaient du bétail ou du grain, ensuite ils se mettaient à boire et ils s'en retournaient chez eux la nuit, à cheval, souvent par bandes, quelquefois seuls, et toujours un peu gris, avec des ceintures lourdes et des sacoches bien gonflées...

— Les imprudents!!... — c'est un bon pays!
J'irai le visiter un peu.

— J'allai m'embusquer un beau soir, à une lieue de
la ville, derrière le tronc d'un vieil arbre, dans un endroit où trois chemins formaient la patte d'oie...

— Je parie que tu avais sur toi un bâton, — interrompit le mendiant.

— J'avais un bâton, en effet, et un fameux, en bois
de cornouiller séché au four, orné de gros nœuds et
beaucoup plus lourd du bout que de la poignée... —
Bref, une vraie massue, un amour d'assommoir...

— Ah! le bon bâton, compère, et le joli récit...

— Tu y prends plaisir?...

— Il me charme!... — Je te vois d'ici derrière ton
arbre, et je m'attends aux choses les plus palpitan-
tes... — Ne fais pas languir mon impatience!... parle,
compère!... Qu'arriva-t-il?...

— Il arriva que, vers les onze heures, j'entendis
venir un cheval trottinant lourdement, monté par un
gros homme qui chantait à tue-tête et d'une voix avi-
née...

— Comme ton cœur dut faire tic tac...

— Non, pas trop... — Je pensai à Mirza... — Je
sortis de ma cachette, je m'installai tout au beau
milieu de la route, et, quand le cheval ne fut plus
qu'à trois pas de moi, je lui assénai entre les deux
oreilles un vigoureux coup de bâton qui le fit rouler
dans la poussière...

11.

— Bravo, compère!... ah! bravo!...— Moi, Pictonpain, moi qui t'écoute, je n'aurais pas autrement
agi...

Le rétameur continua :

— Le cheval s'abattit d'un côté, le gros homme
roula de l'autre... — Ils ne bougeaient non plus que
des souches... Je n'eus que la peine de détacher la
ceinture de cuir qui sanglait les reins du fermier.

— Etait-elle agréablement garnie au moins?

— Elle contenait douze cents francs.

— Eh mais! ce n'était déjà pas si mal! Douze cents
francs, c'est une somme.

— Je revins à Angers, transporté de joie et d'espoir;
j'allai trouver Mirza le lendemain matin; je lui dis
que j'étais plus riche qu'elle ne le pensait; que je
mettais à sa disposition tout mon avoir, et je lui offris
les douze cents francs à titre d'à-compte sur sa fortune future.

— Que répondit-elle?

— Elle prit l'argent sans se faire trop longtemps
prier, et elle m'accorda un rendez-vous pour le soir
même, après le spectacle.

— Mes compliments, heureux coquin! Je vois
poindre l'heure du berger.

— Tu ne vois absolument rien, car le soir j'étais en
prison.

—En prison! répéta Pictonpain.

—Mon Dieu, oui.

— Et pourquoi donc ça ?

— Le fermier, ranimé et dégrisé par la fraîcheur de la nuit, et ne trouvant plus sa ceinture autour de son gros ventre, était revenu à Angers porter plainte à M. le procureur du roi contre son détrousseur.

— Gredin de fermier ! Voilà ce que c'est que de ne pas lui avoir cassé bel et bien la tête, pendant que tu étais en train de *cogner*.

— Je te prie de croire que je regrettai sincèrement d'avoir négligé ce détail.

— Une chose m'intrigue, mon compère.

— Quelle chose ?

— Celle-ci : personne ne t'avait vu travailler sur la grande route ; comment découvrit-on si vite que tu étais le héros de l'aventure ?

— C'est bien simple... Tout en répétant ses exercices, Mirza avait bavardé... un agent de police qui se trouvait dans la baraque, par hasard, — ces gens-là se fourrent partout ! — s'était étonné grandement qu'un pauvre diable de rétameur eût tant d'argent à donner aux femmes. — De là à supposer que les douze cents francs offerts par moi à la saltimbanque n'étaient autres que les douze cents francs volés au fermier, il n'y avait qu'un pas.

— Le fait est que le raisonnement ne manquait point absolument de logique, — appuya Pietonpain.

— Ce fut aussi l'avis du procureur du roi... — Bref, au moment où je rêvais un bonheur sans nuages, un gendarme en grande tenue me mit la main sur le collet et m'empoigna.

— Quel réveil!!... compère, quel réveil!!

— Le coup me sembla d'autant plus rude qu'il était plus imprévu. — Je commençai par me livrer au désespoir, puis je fis contre mauvaise fortune bon cœur, et je me résignai tant bien que mal...

— Allons, allons, je vois que tu as toujours été philosophe... — Moi aussi, je le suis! — Vive la philosophie! — Continue, compère, je t'en prie; ton auditoire est impressionné.

— On me garda trois mois en prison, — continua le rétameur, — puis je passai en cour d'assises...

— Où tu fus condamné à pas mal de réclusion, pour vol nocturne, sur un grand chemin, avec accompagnement de violences?...

— Tu te trompes, ami Pictonpain, je fus acquitté faute de preuves... — Je soutins mordicus que les douze cents francs provenaient de mes économies de rétameur, et comme il fut matériellement impossible de me démontrer le contraire, on me déclara innocent, au grand chagrin de M. le procureur du roi, et on me remit en liberté.

— En voilà de la chance!!

— Pas déjà tant... j'avais *fait* trois mois de prévention... c'était long!

— Oui, mais tu avais frisé les galères! — Crois-moi, tu l'échappais belle!!

— J'étais toujours, et plus que jamais amoureux de Mirza. — Aussitôt libre, je m'informai de ce que les saltimbanques étaient devenus; j'appris qu'ils avaient quitté Angers presque aussitôt après mon arrestation et qu'on les croyait du côté de Bordeaux...

— En conséquence de quoi tu filas dans la même direction, je suppose?

— Le jour même... — Mes recherches durèrent plusieurs mois, car je ne possédais pas un sou et il me fallait travailler chemin faisant. — Enfin je rattrapai la bande.

— Et tu fus enfin heureux sans doute, car ta Dulcinée dut se montrer reconnaissante de ce que tu avais souffert pour elle?

— La veille de ce jour, en répétant l'un de ses exercices qui consistait à se ployer en arrière comme un cerceau en soulevant des deux mains plusieurs poids de cent livres, Mirza s'était rompu un vaisseau dans la poitrine... — elle avait à l'instant même vomi le sang et elle était tombée roide morte... on était en train de la clouer dans un cercueil au moment où j'arrivai.

— Par ma foi, compère, tu jouais de malheur!...

— Je n'ai pleuré qu'une fois dans ma vie, ce fut ce jour-là, mais je pleurai bien, et je ne sais trop pourquoi, car il était certain que Mirza, mauvaise créature s'il en fut, ne m'aimait ni peu ni beaucoup, et que, me voyant revenir sans argent, elle m'aurait très-

certainement fait mettre à la porte. — Enfin, que
veux-tu ? quand on est amoureux on est bête, et je
m'entêtais à mon idée... — Le saltimbanque était un
brave homme; — il me reconnut pour le rétameur
d'Angers et me fit bonne mine et bon accueil... —
Je crois même qu'il me proposa de m'engager comme
pitre dans sa troupe... — mais j'avais le cœur sens
dessus dessous et ça ne m'allait pas...

— C'est dommage, — interrompit Pictonpain, —
j'ai dans l'idée que tu aurais été bien original en
paillasse avec ta figure d'enterrement!... Ah ! ah !...
parole d'honneur, j'aurais voulu te voir en perruque
de crin rouge et en costume de toile à matelas, faisant la parade et recevant de grands coups de pied
dans le bas du dos!... — Continue... J'attends la
suite...

Le rétameur reprit :

— Mirza laissait une petite fille, une enfant de huit
ou dix mois...

— Bijoute ? — demanda Pictonpain.

— Oui. — Cette *momignarde* embarrassait beaucoup le saltimbanque, qui n'en savait que faire... —
J'imaginai qu'elle me distrairait de mon chagrin, et je
proposai de m'en charger... — Mon offre fut accueillie
avec un vif empressement, j'emportai la petite, et
depuis je ne me suis plus séparé d'elle...

— Et comme l'enfant, cette nuit, va nous faire gagner gros, — dit Pictonpain d'un ton sentencieux, —

ça prouve bien qu'une bonne action trouve toujours sa récompense !...

- Après ces derniers mots, il se fit un silence d'un instant.

L'horloge du clocher d'Auteuil sonna lentement dans le lointain les douze coups de minuit.

— Voici l'heure, — murmura Pictonpain, — à la besogne, mon compère...

— A la besogne... — répéta le rétameur.

Les deux hommes se rapprochèrent de la muraille, dont ils s'étaient un peu éloignés tout en causant.

Le rétameur fit jaillir un faible rayon de sa lanterne sourde, de façon à rendre visible l'étroite ouverture de l'œil-de-bœuf.

— Bijoute... — dit-il ensuite, — viens ici...

— Me voilà, père... — répondit l'enfant.

XVI

SCÈNE NOCTURNE

Le rétameur se tourna vers son complice.

— Prends la lanterne, Pictonpain, et éclaire-moi, — dit-il.

Le mendiant obéit à l'instant même à cette injonction.

— Nous allons bien voir présentement si elle passera par le trou, — continua le faux cul-de-jatte.

En même temps il souleva la petite fille dans ses bras.

— Bijoute, — reprit-il en lui montrant l'œil-de-bœuf, — je vais te faire entrer là dedans, les pieds en avant. — Une fois que ton corps aura passé, et que tu te sentiras de l'autre côté du mur, tu t'accrocheras au lierre avec les deux mains et, au lieu de te laisser dégringoler, tu glisseras tout doucement.

— Oui, père.

— Te souviens-tu de ce qu'il faudra faire, quand tu seras descendue?

— Oui, père, je m'en souviens tout à fait...

— Eh bien! répète-le-moi.

— J'irai à la petite porte, qui est là à gauche, et je tirerai les verrous sans faire de bruit, afin qu'elle s'ouvre et que vous puissiez entrer... C'est-il ça, père?

— Oui, oui, c'est ça, Bijoute la bien nommée, car tu es un vrai bijou de *bobécharde!*

— Vas-y gaiement ! — fit Pictonpain. — Eh hop, petiote! assez causé et en avant deux ! maintenant il faut agir.

Le rétameur serra avec un vieux mouchoir autour des jambes de l'enfant la mauvaise petite robe qu'elle portait, afin que le tissu fragile s'accrochât le moins possible aux aspérités de la muraille.

Il présenta ensuite les pieds de Bijoute à l'ouverture et il se mit en devoir de faire glisser le corps dans le trou.

— Eh bien ! — dit Pictonpain à voix basse ; — tu vois que j'avais raison, puisqu'elle passe !

— Pas déjà si bien ! — murmura le rétameur qui sentait le tube de pierre comprimer avec une force extrême les membres délicats de Bijoute.

Tout à coup il lui devint à peu près impossible de

faire avancer l'enfant davantage et il entendit un
gémissement sourd.

— Petiote, — demanda-t-il en approchant sa
bouche de l'orifice de l'œil-de-bœuf, — est-ce que
je te fais mal ?

— Oui, père, — répondit l'enfant d'une voix presque méconnaissable, — beaucoup de mal, mais ça
ne fait rien... allez toujours, je suis presque sortie.

— J'ai peur de te casser quelque chose.

— Non, non, je suis plus solide que ça ; mais
continuez, continuez vite, car j'étouffe.

Le rétameur poussa une dernière fois, plus fortement qu'il ne l'avait fait jusqu'alors.

Toute résistance cessa aussitôt.

Bijoute se trouvait de l'autre côté du mur, enveloppée étroitement dans le réseau des lierres qui cra-
quaient et se rompaient à chacun de ses mouvements.

Enfin, et au bout de quelques secondes, elle se
dépêtra de ces lianes flexibles et peu résistantes.

Ses petits pieds touchèrent le sol.

— Voilà donc une affaire finie ! — dit Pictonpain
d'un ton triomphant. — Une autre fois je suppose que
tu me croiras tout de suite, au lieu de perdre ton
temps à me faire des objections sans queue ni tête !

Le rétameur allait répondre.

Il n'en eut pas le temps.

A quelques pas des deux hommes, derrière le mur

qui les séparait du jardin de la Folie-Normand, un cri d'angoisse et d'épouvante se fit entendre, un de ces cris tellement expressifs qu'ils font passer un frisson de terreur dans les cheveux des plus résolus.

Il était impossible de s'y méprendre : c'était Bijoute qui venait de crier ainsi.

Le rétameur et Pictonpain se regardaient, pleins d'étonnement et d'inquiétude, quand retentit soudain, à l'endroit précis où devait se trouver l'enfant, un nouveau bruit, bizarre, incompréhensible et sinistre.

C'était une sorte de hurlement rauque, étouffé, incomplet, un râle de fureur et d'agonie.

Faible d'abord, presque indistinct, ce râle monta lentement, atteignit les notes hautes d'une mélopée lugubre et s'éteignit dans un gémissement étouffé.

Puis le silence redevint profond.

Ni Pictonpain, ni le rétameur ne pouvaient deviner la nature de la clameur étrange et hideuse qu'ils venaient d'entendre.

Jamais, à coup sûr, de pareils sons ne s'étaien t échappés du gosier d'une créature humaine.

Les deux bandits ne croyaient au fantastique ni l'un ni l'autre, sans cela leur imagination aurait eu beau jeu pour se donner librement carrière.

Le mendiant parla le premier.

— Il doit se passer là derrière quelque chose de terrible, — dit-il avec un tremblement dans la voix,

— Tonnerre d'enfer ! serait-il arrivé malheur à l'enfant ? — murmura le rétameur, dont Bijoute accaparait toutes les affections en ce monde.

— Je crois la situation dangereuse, — continua Pictonpain ; — compère, je te propose de nous donner de l'air.

— Nous donner de l'air en abandonnant la petiote ! — répliqua le rétameur indigné. — Faut-il que tu sois lâche et sans cœur pour avoir une idée pareille !

Le mendiant haussa philosophiquement les épaules.

— Eh ! mon Dieu, je dis pas non, — fit-il ensuite. — Mais après tout, elle ne m'est de rien, cette petiote, et, en ce monde, chacun pour soi ! je songe toujours et d'abord à sauver ma peau.

Malgré le parfait égoïsme de ce raisonnement, Pictonpain n'osa pas s'éloigner.

Seulement il tira de sa poche un long couteau-poignard et se mit sur la défensive, comme si quelque péril inconnu allait l'assaillir à l'improviste.

Le rétameur appliqua son visage basané dans l'encadrement de l'œil-de-bœuf, et, d'une voix qu'il cherchait à rendre tout à la fois sourde et distincte, il demanda :

— Bijoute, où es-tu ? — Bijoute, qu'y a-t-il ?

Il ne reçut aucune réponse.

Son inquiétude, alors, ou plutôt son angoisse, ne connut plus de bornes.

— Il faut que je sache ! — s'écria-t-il, — il le faut !...

— C'est facile à dire, — murmura Pictonpain.

— Je vais gravir ce mur.

— Comment ?...

— Fais-moi la courte échelle... depuis tes épaules j'atteindrai le sommet, et, une fois en haut, je m'élancerai dans le jardin.

— Et les pointes de fer du couronnement !...

— Je n'y veux pas songer.

— Tu te déchireras les membres !...

— Qu'importe ?...

— Tu te tueras peut-être...

— C'est possible... mais j'aurai du moins essayé de sauver Bijoute.

— Cependant, — hasarda de nouveau Pictonpain.

— En voilà assez !... — Silence, et aide-moi !...

Ces derniers mots furent prononcés avec un accent si impérieux que Pictonpain, qui connaissait la force physique de son complice et qui ne voulait point encourir sa colère, cessa de discuter et de tergiverser, et se hâta de s'approcher de la muraille et de faire la courte échelle, ainsi qu'il venait d'en recevoir l'ordre.

Tout ce qui précède s'était accompli en beaucoup moins de temps que nous n'en avons mis à le raconter.

Le rétameur allait s'élancer, d'abord sur les mains unies, puis sur les épaules du mendiant, pour de là bondir au sommet du mur, parmi ces broussailles de fer aux griffes acérées prêtes à le percer d'outre en outre et à lui arracher des lambeaux de chair saignante.

Le bruit des deux verrous qu'une main adroite faisait jouer dans l'intérieur du jardin, l'arrêta dès le début de son entreprise.

En même temps la porte s'ouvrit.

Qui donc allait sortir ?...

Un ennemi, sans doute, bien armé et prêt à fondre sur les deux misérables.

Instinctivement, le rétameur et Pictonpain se disposèrent à une lutte.

Leur incertitude fut de courte durée.

Une voix d'enfant, — la voix de Bijoute, — murmura tout près d'eux :

— Me voici, père... — la porte est ouverte... viens vite.

Le rétameur se précipita vers la petite fille ; il la saisit dans ses bras, il l'appuya contre son cœur et il l'embrassa avec une véritable furie de tendresse paternelle.

Chez un tel homme, une telle affection !...

C'est bien étrange, bien incompréhensible, bien invraisemblable, — dira-t-on peut-être.

Eh ! mon Dieu, nous ne nous chargeons point d'expliquer les anomalies du cœur humain.

Nous ne suffirions pas à cette lourde tâche, et de plus forts que nous succomberaient comme nous, s'ils l'essayaient.

Ajoutons seulement qu'il est incontestable que les plus bestiales et les plus farouches natures ont toutes, sans exception, quelque part, dans le cœur ou dans le cerveau, une fibre sensible inattendue et qu'on est stupéfait de sentir vibrer un beau jour.

N'a-t-on pas vu plus d'une fois le tigre lui-même, le plus féroce, le plus indomptable des animaux, se prendre d'une tendresse profonde pour un humble roquet jeté dans sa cage et dont il n'aurait dû faire qu'une bouchée, et expirer de douleur et d'ennui si ce roquet meurt lui-même ou lui est enlevé?

C'est sans doute ainsi que le rétameur aimait Bijoute, mais enfin il l'aimait exclusivement et profondément.

— Petiote, — lui demanda-t-il après l'avoir dévorée de caresses, — qu'est-ce qui s'est donc passé tout à l'heure et pourquoi as-tu crié de manière à m'en bouleverser les sens, à me donner la chair de poule?

— Viens voir, père, — répondit Bijoute en prenant le rétameur par la main et en l'entraînant.

Il franchit avec elle le seuil de la petite porte, et il pénétra dans le jardin.

Pictonpain, complétement tranquillisé, et disposé désormais à envisager les choses sous leur aspect le plus rassurant, le suivait par-derrière avec une ardente curiosité.

Ils firent ainsi une dizaine de pas dans l'allée de con-

tour qui côtoyait de très-près la haute muraille tapis-
sée de lierre.

Si profondes que fussent les ténèbres, le sable blanc
de cette allée ressortait comme une bande moins sombre parmi la verdure presque noire des gazons environnants.

Le rétameur s'arrêta tout à coup, avec un frémis-
sement involontaire.

Il venait d'apercevoir, tranchant sur la surface plus
claire de ce sable, un objet de grande dimension,
dont on ne pouvait distinguer les formes, étendu en
travers et que semblaient agiter encore des faibles
tressaillements.

— Voilà, père ! — dit Bijoute ; — il m'a fait une
fameuse frayeur, mais à présent je crois qu'il est
mort.

— Je vois bien quelque chose, — murmura le faux
cul-de-jatte, — mais je ne sais pas ce que je vois.

Pictonpain n'en savait pas plus long à cet égard
que son compagnon ; seulement, comme la lanterne
sourde était entre ses mains, il dirigea un rayon
lumineux vers la masse informe qui barrait l'allée.

Les deux hommes purent reconnaître alors un des
magnifiques chiens de Terre-Neuve, grands comme
des ours, au long poil noir frisé et tacheté de blanc,
auxquels était confiée la garde des jardins de la Folie-
Normand.

Le malheureux animal, empoisonné et expirant,

avait obéi à ses habitudes de surveillance et respecté sa consigne au moment même où il allait rendre le dernier soupir.

Malgré les atroces souffrances qui déchiraient ses entrailles, il avait pressenti que quelque chose d'anormal et d'illicite se passait dans la partie la plus élevée du jardin, et il s'était traîné jusque-là.

Son instinct, nous le savons, ne l'avait point trompé.

A l'instant précis où Bijoute touchait le sol, il s'était élancé vers elle pour la mettre en pièces.

Trahi par ses forces, il était retombé en poussant ce rauquement sinistre, ce hurlement effroyable et bien vite étouffé, où la rage, la douleur et l'impuissance éclataient.

Puis l'enfant, un instant paralysée par une indicible épouvante, l'avait vu se tordre dans les convulsions de l'agonie.

Rien ne se pouvait imaginer de plus affreux, de plus effrayant que le cadavre du noble animal.

Le poison actif et brûlant avait corrodé ses nerfs, et pour ainsi dire raccourci ses membres.

Sa gueule, pleine d'écume comme celle d'un chien enragé, et largement ouverte, laissait voir ses crocs aigus et sa langue pendante et déjà noire.

Ses yeux aux prunelles sanglantes étaient sortis à moitié de leurs orbites.

Il ne vivait et ne souffrait plus, à coup sûr, et cependant, nous le répétons, de suprêmes contractions nerveuses agitaient par instants cette masse inerte.

Bijoute, malgré sa précoce fermeté, ne put supporter l'horreur indicible de cette vue.

Elle se détourna et cacha son visage dans ses deux mains mignonnes.

— Père, il me fait peur, — murmura-t-elle, — allons-nous-en d'ici.

— Ah! le fait est, — dit Pictonpain, — que c'est un spectacle peu réjouissant. Sac à papier, la vilaine bête! comme elle a mis longtemps à se décider! La prochaine fois qu'il m'arrivera de *travailler* pour des animaux de cette taille, j'aurai soin de fourrer une dose un peu plus forte dans les boulettes. Enfin, l'affaire est faite et le chemin est libre. En avant, compère! en avant!

Les deux hommes et l'enfant s'éloignèrent du cadavre à peine refroidi, et, quittant l'allée de contour, s'engagèrent dans un sentier dont les sinuosités devaient les conduire auprès du pavillon habité.

Le jardin de la Folie-Normand était vaste, nos lecteurs le savent, et planté d'une quantité prodigieuse d'arbres séculaires qui le métamorphosaient en un parc touffu.

En plus d'un endroit de ce jardin la muraille d'enceinte disparaissait complétement aux regards, et rien n'empêchait de se croire à vingt-cinq lieues de Paris et en pleine forêt.

Les bandits nocturnes cheminaient sous une voûte épaisse qui rendait l'obscurité plus compacte encore et plus impénétrable autour d'eux.

Deux ou trois fois ils s'arrêtèrent avec une vague inquiétude.

C'est qu'il leur semblait entrevoir, à travers des éclaircies dans le feuillage, de blanches figures pareilles à des fantômes, debout et les regardant passer.

Mais une ou deux secondes de réflexion suffisaient pour leur démontrer que ces spectres, pâles dans la nuit, n'étaient autre chose que des statues de marbre, immobiles sur leurs piédestaux de granit.

Enfin ils atteignirent un espace découvert où les arbres cessaient et où commençait une grande pelouse arrondie.

Au point central de cette pelouse s'élevait la Folie-Normand, délicieux pavillon carré, bâti tout en pierres vermiculées et en briques rouges, et couronné par un toit d'ardoises élégant, bordé partout d'une crête de plomb découpée à jour comme une dentelle.

— Halte! — murmura Pictonpain.

Le rétameur et la petite fille s'arrêtèrent aussitôt.

XVII

EFFRACTION

— Qu'y a-t-il? — demanda le rétameur.

— Il y a que nous avons à causer, — répondit Pictonpain, — et mieux vaut que ce soit ici que plus loin. — A l'endroit où nous sommes, à moins d'être perché comme un oiseau sur les branches de ces grands arbres, personne ne peut nous entendre.

— C'est juste et je ne vais point à l'encontre, — justement voici un banc, — nous serons là comme chez nous.

Les bandits s'assirent sur un banc de pierre, adossé au socle d'une statue de Diane chasseresse.

Bijoute se coucha dans l'herbe à leurs pieds.

Pictonpain reprit :

— Il s'agit de ne point faire un pas de clerc, — la maison est là, — comment allons-nous entrer dedans?...

— Il me semble, — répliqua le rétameur, — que ça n'est guère difficile.

— Je l'espère aussi, mais quelquefois l'on se met le doigt dans l'œil. — Dis-moi ton idée, si tu en as une.

— Mon idée est l'idée de tout le monde, — il ne s'agit que de couper un carreau, — de passer son bras par le trou, d'ouvrir une porte ou une fenêtre, et de se servir à soi-même d'introducteur des ambassadeurs... Voilà.

— D'accord, — seulement il y a pas mal de portes et bien des fenêtres. — Laquelle choisir!...

— La première venue.

— Non pas!...

— Pourquoi?...

— J'ignore de tout point si la vieille dame loge au rez-de-chaussée ou au premier étage. — En agissant à l'aveuglette comme tu voudrais le faire, nous risquerions d'attaquer précisément la fenêtre de sa chambre à coucher. — Or, si peu de bruit qu'on fasse, on en fait toujours un peu, la vieille dame doit avoir le sommeil léger, elle nous entendrait et pousserait des cris de pintade! j'aime mieux autre chose.

— L'inconvénient existe et le danger est réel... je le reconnais.

12.

— A la bonne heure. Mais il doit exister un moyen de l'éviter.

— Oui.

— Lequel?...

— Celui-ci : — raisonner notre affaire.

— Raisonnons. — Je ne demande pas mieux...

— Tu as de bons yeux, j'imagine ?

— Je suis comme les chats et les chauves-souris... Il n'y a point de nuit noire pour moi...

— Dans ce cas tu dois voir, juste en face de nous, tout au beau milieu de la maison, un escalier de belles pierres blanches, avec des pots de fleurs sur les marches?...

— Je le vois comme je te vois, et je crois que ça s'appelle un perron.

— Le nom ne fait rien à l'affaire ... — Au-dessus de cet escalier, il y a une porte plus large que les autres et ronde par en haut...

— Oui.

— Eh bien, c'est par cette porte qu'il faut entrer.

— Tu en es sûr?

— Quarante fois pour une.

— Tu connais donc mieux que tu ne le dis l'intérieur de cette maison-là?...

— Pas plus que toi, mais j'en connais d'autres.

— Eh bien ?

— Eh bien, je sais que messieurs les architectes, — sans doute pour s'éviter de la besogne, — travail-

lent tous sur le même modèle. — La maîtresse-porte
d'une maison dans le grand genre ouvre toujours sur
une pièce qui ne sert à rien, mais dans laquelle se trou-
vent l'escalier et les portes des chambres, des salons et
des salles. — Tu dois comprendre présentement que
nous ne risquons absolument rien en arrivant par là,
et qu'une fois introduits il ne nous restera qu'à décider si nous voulons monter en haut ou rester en bas,
tourner à droite ou virer à gauche. — Qu'est-ce que tu
dis de ça, mon compère ?...

— Je dis que tu es un *mâtin* qui a le fil...

— Un peu, mon neveu, qu'on a le fil !... et *l'œil
américain* pareillement !... — Quiconque travaille
avec moi peut compter qu'il aura de l'agrément !
Autre chose.

— Quoi ?...

— Je suppose que nous sommes entrés... resterons-
nous ensemble, ou nous égaillerons-nous, pour travailler chacun de notre côté ?

— Qu'en penses-tu ?

— Rien ; je te consulte.

— Enfin, tu as bien un avis ?...

— Oui et non.

— Comment l'entends-tu ?

— J'entends qu'il y a du pour et du contre... — Si
l'on se sépare, il va de soi qu'on fait le double de
besogne... — Si l'on reste ensemble, on ne risque
pas que l'un des deux se laisse surprendre et fasse

surprendre l'autre... — Je le répète, il y a du pour et
du contre... — Tu connais maintenant le fort et le
faible... décide !

— La prudence avant tout ! mieux vaut aller moins
vite et courir moins de risques. — D'ailleurs rien ne
nous presse et nous avons du temps devant nous.

— C'est-à-dire que tu préfères ne point me quitter ?

— J'en conviens.

— C'est entendu, — je ne te lâcherai pas d'une
semelle.

— Y a-t-il encore autre chose ?

— Non.

— Dans ce cas, rien ne nous empêche de commencer ?

— Rien du tout.

— Allons-y donc !

Le rétameur se leva.

Il reprit le sac de toile qu'il avait posé à côté de lui
sur le banc, et qui contenait tout l'arsenal nécessaire
aux voleurs avec effraction.

Il jeta ce sac sous son bras et fit quelques pas dans
la direction de la Folie-Normand.

Pictonpain et Bijoute le suivirent.

Tout à coup il s'arrêta.

— Compère, — dit-il, — est-ce que nous aurons
encore besoin de la petiote cette nuit ?...

— Pourquoi me demandes-tu cela ?

— Parce que si l'enfant ne doit plus nous être utile

à rien, elle ne peut que devenir un embarras pour
nous.

— Un bijou comme la momignarde que voici
n'embarrasse jamais, — répliqua Pictonpain.

— Enfin, — reprit le rétameur avec impatience, —
il est parfaitement inutile de l'exposer pour le roi de
Prusse, j'imagine ! — J'ai envie de la renvoyer à la
maison, — dis-moi donc, oui ou non, si elle ne nous
servira pas.

— Est-ce que je sais ? — répondit le mendiant. —
Ça se peut très-bien que nous ayons besoin de l'employer d'une minute à l'autre, comme aussi ça se
peut qu'il n'y ait rien à faire pour elle. — Dans le
doute il faut la garder avec nous, et je m'oppose tout
à fait à ce que tu la renvoies. — Il me semble d'ailleurs qu'elle ne recevra cette nuit que de bonnes
leçons qui la formeront joliment et lui donneront de
l'expérience.

— Oui, oui, père... — dit vivement Bijoute qui
avait prêté à cette discussion une oreille attentive,
— garde-moi près de toi... je ne veux pas m'en aller,
je serai bien sage et je ferai ce qu'il faudra faire...

Le rétameur, vaincu sinon convaincu, n'insista
pas. — Il n'ajouta plus un mot et il reprit silencieusement sa marche vers la maison.

Deux ou trois minutes suffirent aux bandits et à la
petite fille pour traverser la pelouse et pour atteindre
les marches du perron.

Ils franchirent ces marches et se trouvèrent en face de la grande porte vitrée, unique obstacle qui les séparait du vestibule.

Cette porte était protégée extérieurement par une persienne qu'assujettissait un simple crochet.

— Ça me connaît, — dit Pictonpain au rétameur, — tu vas voir, mon compère, si je travaille un peu proprement. — Passe-moi le sac, mon bonhomme, passe-moi le sac.

Le rétameur fit ce que lui demandait le mendiant, et ce dernier, fouillant dans la longue poche de toile, en tira un morceau de fer d'une forme particulière, muni à l'une des ses extrémités d'une poignée de bois presque brut.

Il introduisit cette sorte de tringle entre les lames de la persienne, — il chercha le crochet, il n'eut point de peine à le trouver, et il lui suffit d'une faible saccade pour le faire sauter.

La persienne s'ouvrit aussitôt.

— Je dis que voilà de l'ouvrage bien fait ! — murmura Pictonpain avec un sentiment d'amour-propre parfaitement légitime et naturel.

Il ne restait plus qu'à pratiquer dans le cristal de l'une des vitres une ouverture assez large pour y passer le bras.

Ceci ne pouvait embarrasser un seul instant le voleur émérite.

Il exhiba de sa poche un diamant semblable à ceux dont se servent les vitriers.

On entendit ce diamant crier sur la vitre en y traçant, avec une précision presque mathématique, une incision circulaire.

Pictonpain fouilla pour la seconde fois dans le sac, et y prit une boîte de fer-blanc qui contenait une boule de poix.

Il échauffa pendant quelques secondes cette boule entre ses mains; — il l'appliqua au point central du cercle qu'il venait de tracer;—il donna une brusque secousse et le morceau de cristal, qu'on eût pu croire détaché à l'emporte-pièce, se sépara de la vitre et suivit la boule gluante.

Le mendiant se tourna vers le rétameur pour chercher sur son visage les symptômes d'admiration qu'il ne pouvait manquer d'y trouver.

— Voilà pourtant comme ça se joue, mon compère! — lui dit-il à voix basse. — Ah! on peut m'en amener de Poissy, et de Melun, et de Clairvaux, et de n'importe où... je les dégoterai tous! — Foi de Pictonpain, je ne crains personne!

— C'est connu! — répliqua le faux cul-de-jatte avec une nuance d'ironie qui passa inaperçue de son interlocuteur.

Le mendiant introduisit son bras dans le trou, mit la main sur l'espagnolette et la fit tourner.

A sa grande surprise, et à son profond désappointement, la porte resta close.

— Ah! diable! — murmura-t-il d'un air contrit. — Ah! diable!

— Qu'y a-t-il? — demanda le rétameur.

— Il y a des verrous en dedans.

— Comment faire?

— Je n'en sais rien.

— Est-ce que tu renonces?

— Jamais! par exemple! pour qui me prends-tu donc?

— Cependant...

— Laisse-moi réfléchir.

Pictonpain réfléchit en effet pendant quelques minutes, puis il fit un geste de triomphe.

— J'ai trouvé! — dit-il du même ton dont Archimède dut prononcer jadis le fameux : *Eurèka*.

— Voyons! — fit le rétameur curieusement.

— Oh! mon Dieu, c'est bien simple, — il ne s'agit que d'élargir l'ouverture et de recomme: 'er c° que nous avons fait là-haut. — Nous coulerons petite en dedans et elle tirera les verrous. — T.' vois que j'avais bon nez tout à l'heure en t'em| chant de la renvoyer.

Le moyen était bon en effet, et le rétameur ne formula aucune objection.

Pictonpain employa de nouveau son diamant.

Il agrandit le trou de telle sorte que le corps de

l'enfant pût y passer ; — le rétameur souleva Bijoute,
et prenant de grands précautions afin de ne lui
point déchirer le visage et les mains aux rebords
tranchants du cristal, il la glissa dans le vestibule.

— M'y voici... — dit tout bas la petite fille...

— Eh bien, ma mignonne, cherche les verrous.

— En voici un sous ma main.

— Tire-le vite.

On entendit un petit bruit sec et l'enfant murmura :

— C'est fait.

Pictonpain poussa la porte, — elle s'obstina dans
sa résistance.

— Il doit y avoir un autre verrou, pour sûr ! —
reprit le mendiant, — cherche encore.

— Je ne trouve pas...

— Cherche mieux.

L'enfant se haussa sur la pointe des pieds.

Oui, — fit-elle après une ou deux secondes, — il y
en a un autre... — je le sens du bout des doigts...

— Alors, dépêche-toi de le tirer.

— Je ne peux pas.

— Pourquoi ?...

— Je suis trop petite... j'ai beau me grandir de toutes
mes forces, je n'arrive pas...

Pictonpain étouffa un juron sonore qui venait à
ses lèvres.

L'enfant continua :

I.   13

— Il me faudrait quelque chose... une chaise... une table... n'importe quoi... — je monterais dessus et ensuite ça irait tout seul...

— Il doit y avoir des chaises dans la chambre, — répliqua le mendiant.

— Ça se peut bien.

— Cherches-en une et apporte-la.

— Je ne vois pas clair... 'je ferai du bruit et on m'entendra.

— La momignarde a du raisonnement ! — se dit Pictonpain à lui-même.

Puis, tout haut, et s'adressant au rétameur, il ajouta :

— Passe-moi la lanterne sourde, compère, que je la passe à l'enfant.

Bijoute étendit la main et prit la lanterne que le mendiant lui tendait à travers le trou du carreau.

— Tu sais l'ouvrir ?

— Oui.

— Eh bien, fais vite... nous perdons du temps...

La petite fille se hâta d'obéir.

Une lueur faible glissa sur les dalles de pierre polie alternativement blanches et noires, sur les boiseries du vestibule, couvertes de grands tableaux de chasse, et sur les hautes chaises à dossier de maroquin vert rangées en bon ordre le long des murailles.

Tout cela sembla splendide à l'enfant, qui n'avait jamais rien vu, jamais rien rêvé de pareil.

Mais le temps lui manquait pour l'admiration.

Elle se dirigea vers celle des chaises qui lui parut la plus rapprochée, — elle la saisit d'une main et voulut l'emporter, — elle n'y parvint point, car la chaise était lourde et Bijoute était faible.

Elle fut obligée de poser à terre sa lanterne et de prendre des deux mains, pour le soulever, le siége antique en chêne noir sculpté.

Elle parvint ainsi, non sans peine, à le placer contre la porte et elle se mit en devoir de grimper pour atteindre le verrou.

A cet instant précis une péripétie tout à fait inattendue se produisit.

Un flot de lumière étincelante inonda le vestibule.

Une porte venait de s'ouvrir derrière l'enfant, et, dans l'encadrement lumineux de cette porte, un jeune homme se tenait debout, ayant dans chaque main un pistolet tout armé et prêt à faire feu.

Foudroyée en quelque sorte par ces clartés menaçantes qui l'enveloppaient à l'improviste, Bijoute poussa un grand cri.

Le rétameur répondit à ce cri par une sourde imprécation de colère et de terreur.

— Pincés ! — murmura Pictonpain. — Allons, c'est n'avoir pas de chance ! — Il ne fait plus bon ici, — *je me déguise en cerf !*

Et sans s'inquiéter davantage de son complice et de la petite fille, il s'empressa de battre en retraite.

Pictonpain était ainsi fait.

Cet honnête bandit n'aimait pas le danger.

XVIII

DRAME

Nos lecteurs se rendent compte, — nous l'espérons du moins, — de la situation critique dans laquelle nous avons laissé la fille adoptive du rétameur.

L'enfant, debout sur une lourde chaise en chêne noir auprès de la porte intérieure du vestibule de la *Folie-Normand*, se disposait à faire jouer le dernier verrou qui s'opposait encore à l'entrée des deux bandits dans la maison.

Soudain une porte s'ouvrit. — Une vive lumière inonda le vestibule, et un jeune homme, armé de deux pistolets prêts à faire feu, apparut brusquement.

Bijoute poussa un cri d'épouvante, auquel le rétameur répondit par un blasphème étouffé.

Pictonpain, convaincu que de tous les proverbes passés, présents et à venir, le plus sage et le plus véridique est celui qui soutient que *la défiance est la mère de la sûreté*, Pictonpain, disons-nous, tourna sur ses talons et s'enfuit.

Avant que le quart d'une seconde se fût écoulé, il avait disparu dans les ténèbres épaisses.

Certes, aucun obstacle matériel n'empêchait le rétameur de suivre l'exemple de son complice.

Rien ne s'opposait à ce qu'il battît en retraite, et cependant pour rien au monde il n'aurait reculé.

En ce moment il ne songeait même point à lui-même.

La pensée d'abandonner Bijoute au péril imminent et terrible qui la menaçait ne se présenta point à son esprit.

— Lâche ! — balbutia-t-il en voyant Pictonpain s'enfuir.

Puis il ajouta d'une voix tonnante :

— As pas peur... petiote... me voici !...

En même temps il tirait de sa poche un couteau tout ouvert, et, d'un vigoureux coup d'épaule, il jetait en dedans la porte du vestibule.

Tout ce qui précède s'était passé en dix fois moins de temps que nous n'en avons mis à le raconter.

La marche de l'étincelle électrique sur les fils aimantés du télégraphe pourrait seule donner à nos lecteurs une idée exacte de la rapidité des faits accomplis.

Le jeune homme dont l'apparition soudaine avait interrompu l'effraction, regarda d'abord avec un étonnement profond et facile à comprendre cette petite fille mystérieusement introduite dans la maison, et occupée à un travail incompréhensible pour lui.

Dans tous les cas une enfant ne pouvait être bien dangereuse.

Le jeune homme abaissa donc vivement les canons de ses pistolets, qui devenaient, croyait-il, des armes inutiles.

Il allait s'approcher de Bijoute; il allait lui parler, l'interroger.

Il n'en eut pas le temps.

A cette minute précise retentit, au milieu du silence profond, la voix du rétameur...

A cette voix, criant à Bijoute de ne pas avoir peur, succéda le bruit formidable de la porte brisée tombant en dedans, et le faux cul-de-jatte, son couteau à la main, bondit dans le vestibule.

La situation changeait de face et se modifiait complétement.

Le jeune homme aux pistolets se trouvait en présence désormais, non plus d'une petite fille, mais d'un adversaire redoutable, d'un ennemi armé, menaçant, et dont les intentions hostiles n'étaient pas douteuses.

Toute hésitation devenait un danger ; — tout retard pouvait être mortel...

Jamais le cas de légitime défense n'avait été plus incontestable...

La situation commandait...

Le jeune homme prit un parti rapide et nécessaire.

Avec une promptitude foudroyante il leva les canons abaissés de ses armes, et, sans presque se donner le temps d'ajuster, il pressa les détentes...

Une double détonation retentit.

La fumée épaisse de la poudre remplit le vestibule ; — un gémissement étouffé se fit entendre, en même temps que le bruit sinistre d'un corps humain s'abattant sur les dalles.

Aussitôt une porte s'ouvrit derrière le jeune homme et une voix de femme, tremblante d'émotion et de frayeur, demanda :

— Gaston... Gaston... au nom du ciel, que se passe t-il ?...

— Je ne le sais pas encore très-bien moi-même, ma chère Blanche, — répondit le jeune homme, — je crois cependant qu'on forçait quelque peu nos portes, et que je viens de faire justice de l'un des malfaiteurs.

Tandis que s'échangeaient ces brèves paroles, le nuage de fumée se dissipait.

Un spectacle étrange et hideux vint alors frapper les regards du jeune homme que nous avons entendu appeler Gaston, et de la jeune femme à laquelle il avait répondu en lui donnant le nom de Blanche.

Deux corps, qui semblaient deux cadavres, — celui de Bijoute et celui du rétameur, — étaient étendus à une faible distance l'un de l'autre, au milieu d'une mare de sang qui s'élargissait de minute en minute.

Blanche recula, saisie d'une indicible épouvante qui faisait pâlir son visage et frissonner ses mains...

Elle recula, disons-nous, mais un sentiment de curiosité, plus puissant, plus invincible que la terreur elle-même, la contraignit à s'arrêter, puis à revenir sur ses pas et à repaître ses yeux de tous les détails de cette épouvantable scène.

— Gaston... Gaston... — balbutia-t-elle avec une sorte d'égarement.—C'est horrible... je crois rêver... Que de sang !... mon Dieu... que de sang !... — Deux cadavres ! !... cet homme... un assassin, sans doute... — Mais l'enfant... que faisait ici cette enfant?...

— Elle ouvrait la porte au misérable que tu vois près d'elle... — Elle préparait l'accomplissement du crime...

— Une enfant ignore ce que c'est que le crime et

13.

ne sait qu'obéir aux ordres qu'elle reçoit... Il fallait
l'épargner...

— Eh ! sans doute, chère Blanche, il fallait l'épargner... — Tu as raison, et cent fois raison, et je suis
au désespoir que l'une de mes balles ait atteint cette
malheureuse petite fille, que je ne visais pas et dont
je voudrais pouvoir, à tout prix, racheter la vie... —
C'est le hasard qui l'a frappée et non pas moi...

— Mais peut-être n'elle pas tout à fait morte... —
reprit la jeune femme.

— Peut-être en effet...

— Il faudrait s'en assurer.

— C'est facile...

— Que vas-tu faire ?...

— La soulever... visiter sa blessure et appuyer
ma main sur son cœur pour en chercher les battements...

Tout en parlant, Gaston se dirigeait vers la partie
du vestibule où gisaient les deux corps.

Blanche l'arrêta :

— Non... non... — lui dit-elle en se reprenant à
trembler. — Reste ici... je ne veux pas que tu tou-
ches à ces cadavres !... je ne veux pas que le sang
versé souille tes mains.

— Cependant... — commença Gaston.

— Je te dis que je ne veux pas, — continua la
jeune femme. — Les domestiques se sont éveillés...
j'entends des bruits de pas et de voix... On va venir...

on vient... — ce que tu voulais faire, d'autres le feront...

Blanche ne se trompait point.

Le bruit de la porte brisée et l'explosion des coups de feu avaient interrompu le sommeil de tous les habitants de la Folie-Normand et du pavillon qui en dépendait.

Le cocher, le valet de chambre, le groom et les deux femmes accouraient effarés, haletants, remplis d'inquiétude et d'effroi.

Le vestibule se remplit de monde, et les valets, au mépris de cette étiquette qu'ils observaient habituellement d'une façon si stricte, se mirent à interroger leurs maîtres.

Gaston leur montra du doigt la porte arrachée de ses gonds et les deux corps étendus dans le sang.

Pour si laconique qu'elle fût cette réponse était éloquente et rendait toute autre explication superflue.

La cuisinière s'enfuit en poussant des glapissements de terreur.

Plus brave sans doute, ou moins nerveuse, la femme de chambre ne quitta point le vestibule.

Le corps de Bijoute fut soulevé et on acquit aussitôt la certitude que sa blesssure n'offrait rien de mortel, rien même de véritablement dangereux.

Une des balles de Gaston avait effleuré l'épaule gauche de la petite fille, en traçant dans la chair un sillon sans profondeur.

La violence de la commotion avait suffi pour déterminer un évanouissement immédiat.

Le sang coulait avec abondance, mais il ne pouvait y avoir aucune difficulté sérieuse à arrêter cette quasi-hémorragie.

Blanche fit emporter l'enfant par la femme de chambre et la suivit pour appliquer elle-même des bandages sur l'épaule mutilée.

Le rétameur, lui, était tombé comme tombe presque toujours un homme frappé d'un coup de feu, c'est-à-dire la tête en avant.

Sa poitrine et son visage reposaient sur les dalles.

Le valet de chambre et le cocher le soulevèrent par les épaules et par les pieds, et le retournèrent.

Le sinistre visage que nous avons précédemment décrit apparut alors, empreint déjà d'une pâleur morbide. — Les yeux largement ouverts étaient fixes et sans regard, mais l'expression de leurs prunelles glauques restait à tel point farouche et menaçante qu'un frisson nerveux courut sur l'épiderme de Gaston et des deux valets.

La poitrine du rétameur était traversée de part en part... — la balle, pénétrant sous le sein gauche, avait touché le cœur.

La mort avait dû être instantanée.

— Tout ceci est grave... — dit le jeune homme, — et il me paraît indispensable qu'un procès-verbal régulier constate ce qui vient de se passer dans cette maison.

Il se tourna vers le cocher et ajouta :

— Pierre, allez prévenir le commissaire de police et le brigadier de gendarmerie, et priez ces messieurs de vouloir bien vous accompagner ici.

Le domestique en recevant cet ordre prit une figure de l'autre monde, et ne sembla nullement disposé à se mettre en mouvement pour obéir.

— Ne m'avez-vous pas entendu ? — reprit le jeune homme.

— J'ai parfaitement entendu monsieur le marquis, — balbutia le domestique.

— Eh bien, qu'attendez-vous ?

— Dame !... monsieur le marquis me donne là une commission bien dangereuse...

— En quoi?

— Le coquin que voilà n'était pas venu seul, j'en mettrais ma main au feu... — Il doit y avoir dans le parc toute une bande de scélérats... qui me tordront le cou au passage... pour venger sur moi la mort de leur camarade...

— Ceci veut dire que vous avez peur ?

— Dame! monsieur le marquis... j'en conviens... mon état est de conduire des chevaux, et non pas d'être brave.

Le jeune homme haussa les épaules.

— Restez donc ici, — répliqua-t-il, — Baptiste fera bien ce que vous n'osez pas faire...

Ce fut au tour du valet de chambre de manifester la plus insurmontable répugnance.

— Ah ! monsieur le marquis, — murmura ce bon serviteur, — je n'y mets point d'amour-propre... je ne suis pas plus brave que Pierre.

Un pli se creusa entre les sourcils du jeune homme et la colère fit trembler ses lèvres.

Cependant il se contint.

— Après tout, — se dit-il à lui-même, — ces gens-là sont des valets, et servitude est sœur de lâcheté !...

Puis, sans ajouter une parole, il franchit le seuil de la porte brisée, et il prit la direction de la grille qui s'ouvrait, nous le savons, sur la principale rue d'Auteuil.

Pierre et Baptiste restèrent dans le vestibule avec le cadavre, fort peu rassurés et fort peu satisfaits l'un et l'autre de cette funèbre compagnie.

Une heure environ s'écoula, puis Gaston, — qui ne courait aucun risque de mauvaise rencontre, car Pictonpain ne songeait qu'à s'éloigner au plus vite de la Folie-Normand et à faire perdre ses traces, — Gaston, disons-nous reparut, en compagnie du commissaire de police et d'une demi-douzaine de gendarmes.

L'étonnement du commissaire et des agents de la

force publique fut complet et profond, lorsque dans
le corps inanimé du misérable, surpris et frappé en
flagrant délit d'effraction nocturne et de brigandage,
ils reconnurent le rétameur que tous ils croyaient
véritablement estropié, et, en outre, le plus honnête
homme du monde.

— Ah! le misérable! — murmura le magistrat
stupéfait, — moi qui me défiais si peu de lui que je
lui envoyais mes casseroles à rétamer, et que je lui
aurais volontiers confié ma bourse! Rapportez-vous
en donc aux apparences! — Je ne me pardonnerai
jamais de n'avoir point deviné et démasqué un si
dangereux scélérat! quel honneur cela m'aurait
fait!...

— Bon! bon!... — se disait en même temps le
brigadier de gendarmerie, — ceci me servira de
leçon! — Désormais je vérifierai personnellement
les bosses de tous les bossus, — j'étudierai la clau-
dication de tous les boiteux, — je visiterai de pied
en cap les jambes de tous les culs-de-jatte, — enfin
les manchots seront pour moi l'objet du plus cons-
ciencieux examen!... — Bref, on ne m'y repincera
point!...

Le procès-verbal fut dressé. — On constata les
empreintes de pas, qui prouvèrent jusqu'à l'évidence
qu'en outre de la petite fille, le rétameur avait un
complice; — on suivit ces empreintes et elles con-
duisirent auprès de la petite porte située sur la hau-

teur, mais, une fois hors du parc, on dut reconnaître
que le terrain dur et crayeux ne gardait plus les
traces, et il fallut renoncer, pour le moment du
moins, à s'emparer du second bandit.

XIX

LES CASTELLA

Nous devons à nos lecteurs une explication.

Nous allons la leur donner brièvement.

Nous allons leur dire en quelques lignes comment il se faisait que la Folie-Normand, momentanément presque déserte, au dire de Pictonpain, renfermât, au contraire, ses hôtes habituels au grand complet.

Nous leur apprendrons en outre, avec le même laconisme, ce que c'étaient que ces hôtes, et c'est par là que nous allons commencer.

Nos lecteurs savent déjà — (si toutefois ils n'ont point oublié les communications de Pictonpain au rétameur) — que la Folie-Normand avait été louée par une famille de riches étrangers dont le nom finissait en A.

Cette famille se composait d'une dame âgée et d'un jeune ménage.

La vieille dame était la marquise douairière Castella dont le fils unique, le marquis Gaston Castella, avait épousé, dix-huit mois auparavant, une ravissante Provençale, mademoiselle Blanche de Jessains.

Ce mariage, tout à la fois d'inclination et de convenance, semblait destiné à faire deux heureux, car les jeunes gens, charmants l'un et l'autre, s'aimaient d'une de ces tendresses profondes qui doivent grandir au lieu de décroître à mesure que les années s'écoulent.

La famille Castella possédait une grande fortune et appartenait à la plus haute aristocratie vénitienne.

Le sang patricien des doges coulait dans les veines du père de Gaston. — Ce gentilhomme avait voué à la reine déchue de l'Adriatique, à *Venezia la bella*, l'aveugle dévouement du fils pour sa mère, l'ardente passion de l'amant pour sa maîtresse.

Venise esclave, Venise humiliée, Venise subissant le joug de la domination autrichienne, lui brisait le cœur et remplissait son âme d'un désespoir sans cesse renaissant.

Il rêva l'affranchissement de sa patrie adorée, — il se mit à la tête d'une de ces conspirations folles dont l'exaltation de son patriotisme lui cachait l'imprudence inouïe et l'insuccès certain.

Le complot libérateur dont le marquis était l'âme échoua misérablement en effet.

Les conspirateurs furent trahis, ou plutôt vendus par un faux frère, avant même que l'heure de l'explosion eût sonné.

Le patricien avait joué sa vie, ou tout au moins sa liberté.

L'échafaud, ou — (si l'Autriche se montrait indulgente) — une captivité sans fin l'attendait.

Le marquis était de ces hommes qui, lorsqu'ils ont perdu la partie, payent sans hésiter l'enjeu, quel qu'il soit.

S'il se fût trouvé seul en ce monde et ne sacrifiant que lui-même, il eût rougi de se dérober par la fuite aux recherches de la police.

Il ne se fût pas livré peut-être, — mais, à coup sûr, il ne se fût point caché.

Un instant il hésita sur le parti à prendre...

Une irrésolution douloureuse, une profonde angoisse, s'emparèrent de son âme loyale et chevaleresque.

— Ceux que les juges appellent mes complices, — se dit-il, — ceux que je nomme mes amis et mes frères, sont captifs et vont souffrir pour la cause trois fois sacrée que nous servions ensemble... — Ai-je le droit de rester libre? m'est-il permis de ne point partager leur sort?...

Pour un esprit exalté jusqu'au fanatisme, tel que celui du marquis Castella, la question était épineuse et difficile à résoudre...

Heureusement la marquise se chargea de la trancher.

Elle s'aperçut de ces cruelles indécisions, et, prenant dans ses bras Gaston, son enfant unique, alors à peine âgé de quatre ou cinq ans, elle vint se jeter aux genoux de son mari, en s'écriant :

— Le premier devoir d'un gentilhomme est de ne pas abandonner sa femme et son fils... — Toi mort ou captif, que deviendrons-nous et qui protégera notre faiblesse contre les cruautés de la tyrannie que tu combattais?...

Cette voix aimée, ces paroles touchantes, pénétrèrent jusqu'au fond de l'âme du patricien, comme si Dieu lui-même venait de parler.

Il ne résista plus et il cessa de se sentir déchiré et combattu.

Désormais il acceptait la vie et la liberté, puisque le premier de tous les devoirs le condamnait à rester vivant et libre.

Le soir de ce jour, caché sous un déguisement de pêcheur des lagunes, et dirigeant de ses mains une lourde chaloupe dans laquelle la marquise et le petit Gaston, également déguisés, reposaient sur un amas

de filets humides, il quitta Venise, il affronta résolûment les lames courtes et pressées de l'Adriatique,
et il parvint à s'embarquer à bord d'un navire français mouillé à quelques lieues au large.

Le pont d'un navire français, c'est la France.

Castella, sa femme et son fils étaient donc sauvés,
car aucun péril ne saurait atteindre ceux que protége
le pavillon français, qu'il soit fleurdelisé ou qu'il soit
tricolore, — qu'il porte le coq gaulois ou l'aigle im-
périale!...

Après une traversée de quelques jours, le patricien
expatrié débarquait sur les quais de Toulon.

Pendant ce temps, le procès suivait son cours à
Venise.

Les résultats de ce procès étaient prévus d'a-
vance.

Le marquis fut condamné, par contumace, à la peine
de mort, et tous ses biens furent confisqués.

La fortune des Castella, l'une des plus considérables
de la ville des doges, atteignait, disait-on, le chiffre
de dix à douze millions.

Par bonheur le marquis possédait des traites importantes sur plusieurs banquiers de Paris et de Londres, et, en outre, des diamants de famille d'une très-
grande valeur.

Il n'avait eu garde, — à quoi bon le dire ? — d'oublier dans sa fuite ces précieuses épaves d'une opulence plus que princière.

Traites et diamants représentaient une somme d'environ quinze cent mille francs.

Le marquis installa sa famille dans une délicieuse villa située entre Marseille et Toulon, et se rendit à Paris pour toucher le montant des traites et réaliser les bijoux.

Il s'occupa immédiatement après de placer ses fonds, et il le fit d'une manière si avantageuse que son million et demi lui rapporta bien près de cent mille francs par an.

— Allons... — dit-il à la marquise quand il vint la rejoindre et qu'il lui apprit cette bonne nouvelle, — notre fils sera riche encore, quoique son père soit un noble vénitien fugitif et ruiné.

Dix ans s'écoulèrent.

Le descendant des doges vivait calme, sinon heureux, dans sa villa des bords de la Méditerranée. — Il semblait plein de santé et de vigueur, et personne ne croyait à sa mort prochaine... personne... excepté lui-même...

Il ne se faisait à cet égard aucune illusion.

Il se sentait rongé par un mal inconnu qui le conduisait lentement mais infailliblement au tombeau.

Ce mal, c'était la nostalgie de Venise.

Un jour vint où le marquis Castella comprit que son heure suprême allait arriver...

Il mit ordre à ses affaires et il les simplifia de tout

son pouvoir, afin que sa veuve en trouvât la gestion facile...

Il écrivit un court testament, moins pour disposer de sa fortune, qui revenait tout entière à deux êtres chéris, que pour leur laisser dans ces dernières lignes un monument suprême de sa tendresse immense.

Puis, un soir de printemps, dans le jardin tout fleuri de lauriers-roses qui par des terrasses successives descendait jusqu'aux grèves sablonneuses de la mer, il s'assit sur un banc de marbre blanc, entre la marquise et Gaston...

L'air était tiède.

Une brise douce et parfumée passait entre les rameaux chargés de fleurs et caressait les fronts comme le souffle d'un éventail.

Les premières étoiles commençaient à se détacher sur l'azur assombri du firmament, et multipliaient leurs scintillements dans le mouvant miroir de la mer à peine ridée.

Les blanches lucioles brillaient sous les touffes d'herbes comme de faibles et mystérieuses clartés.

Parmi les massifs de lauriers-roses, les rossignols chantaient leur amoureuse chanson.

Le marquis Castella fermait les yeux, et cette brise qui venait jusqu'à lui, toute chargée des senteurs marines, lui rappelait les soirs du Lido, et, devant ses paupières closes, évoquait Venise tout entière.

Soudain il se sentit pris d'une immense défaillance du corps et de l'âme.

— Voici la fin... — se dit-il, — mais il est doux de finir ainsi, les mains dans les mains de ceux qu'on aime!... — Dieu m'accorde ce bonheur suprême... il m'envoie la mort sans l'agonie... — Il est bon, et je le bénis...

— Est-ce que vous avez froid, mon père? — demanda tout à coup Gaston, qui sentit la main du marquis frissonner sur la sienne. — Il me semble que vous tremblez.

Le mourant ne répondit pas à cette question.

— Embrassez-moi, — dit-il d'une voix qui déjà s'affaiblissait, — embrassez-moi tous deux...

Et il ouvrit ses bras à sa femme et à son fils, qui s'y précipitèrent.

Une étreinte passionnée, dans laquelle il usa le reste de ses forces, réunit leurs deux têtes contre sa poitrine. — Il appuya ses lèvres sur les joues de la mère et sur le front du fils, puis il balbutia :

— Je n'ai aimé que vous en ce monde... vous et Venise... — Que Dieu vous donne le bonheur et qu'il lui donne la liberté !

Sa tête retomba en arrière.

L'étreinte de ses bras amollis se dénoua.

Un soupir léger, presque indistinct, s'échappa de ses lèvres.

Avec ce soupir l'âme s'envola.

Le vieux patricien était mort.

La mort du marquis Castella mit en deuil le cœur et les vêtements de sa veuve et de son fils, mais ne changea rien à leur façon de vivre.

Ils ne quittèrent point la riante bastide qu'ils habitaient depuis leur fuite de Venise. — Le souvenir toujours présent du père et de l'époux qui venait de les quitter leur rendait ces lieux charmants plus chers que jamais.

Le marquis, dominé par une mélancolie continuelle, recevait fort peu de monde.

C'est à peine si quelques Italiens, réfugiés comme lui, jouissaient du privilége de se voir accueillis, de loin en loin, dans la solitude qu'il ne quittait jamais.

La marquise, toute entière à sa douleur inconsolable, ferma sa porte à ces rares visiteurs, et la villa devint une thébaïde véritable.

Cependant il fallait faire de Gaston, sinon un savant, du moins un homme distingué, un homme instruit, un homme à la hauteur de son époque.

Madame Castella le comprenait bien.

Elle se sentait incapable de donner elle-même à son fils cette forte éducation dont il avait besoin, et cependant elle ne pouvait se résoudre à se séparer de lui pour l'envoyer dans un collége.

Elle prit le seul parti qui s'offrait à elle et qui pouvait la tirer d'embarras en semblable occurrence.

Elle appela chez elle un précepteur recommandable à tous égards et elle plaça son fils sous sa direction.

Ce précepteur était un ecclésiastique âgé déjà, d'une santé faible, d'un grand savoir et d'une haute expérience.

Il se montra digne de la confiance que lui témoignait la marquise.

Il ne faillit point à la tâche si noble et si délicate qu'il avait acceptée.

L'enfant confié à ses soins réalisa les espérances qu'on était en droit de fonder sur l'heureuse souplesse de son caractère et sur la précocité de son intelligence.

Le marquis Gaston Castella, lorsqu'il atteignit sa vingt et unième année, pouvait à bon droit passer pour un jeune homme accompli sous tous les rapports.

Nous devons ajouter que son développement physique ne le cédait en rien à son développement intellectuel.

Il était grand et admirablement bien fait, — son apparence aristocratique, ses formes gracieusement patriciennes, cachaient une vigueur musculaire peu commune.

Il excellait dans tous les exercices d'agilité, de force et d'adresse, seules distractions de sa jeunesse isolée et studieuse.

Il montait à cheval avec l'inébranlable aplomb d'un centaure.

Son fusil chargé d'une seule balle atteignait l'hiron-

delle de mer, neuf fois sur dix, dans son vol circulaire et rapide.

Aucun des marins de la côte ne dirigeait d'une
main plus ferme et plus sûre un canot sur les lames
bondissantes, par une mer dure et par un gros
temps.

Il nageait avec une grâce hardie pendant des heures
entières, et les tritons mythologiques devaient moins
que lui se trouver à l'aise dans les flots bleus de la
Méditerranée.

Une fois son éducation achevée, Gaston, maître
de se livrer sans contrainte à ses occupations chéries
et à ses plaisirs favoris, se sentit complétement
heureux.

Ignorant le monde et ses joies bruyantes, il
ne désirait aucune de ces fiévreuses jouissances
qu'il ne connaissait pas, et il ambitionnait uniquement de continuer à vivre comme il avait vécu jusque-là.

Le plus cher désir de la marquise, — avons-nous
besoin de le dire? — était de ne se jamais séparer de
son fils.

Tel était cependant l'admirable bon sens de cette
femme remarquable, qu'elle se dit à elle-même qu'il
manquait à Gaston cette expérience de la vie, cette
connaissance des autres hommes, complétement
indispensable dans toute éducation sérieuse et
forte.

En conséquence, elle eut le courage d'envoyer son fils voyager pendant deux années.

Quand le jeune homme revint en Provence, après avoir parcouru et étudié la France, l'Allemagne, l'Angleterre et l'Espagne, il fut épouvanté du changement prodigieux survenu pendant son éloignement dans l'apparence de sa mère.

Lorsqu'il avait quitté la Provence, madame Castella, âgée de quarante-cinq ans tout au plus, était belle toujours et semblait jeune encore.

Deux années avaient suffi pour métamorphoser en vieille femme cette Vénitienne si renommée jadis pour sa beauté fière et souveraine.

Ses cheveux avaient blanchi; sa taille de reine s'était voûtée; des rides profondes sillonnaient son front et formaient un inextricable lacis autour de ses paupières flétries, abaissées sur des yeux qui ne conservaient plus rien de leur éclat passé.

Ce changement, si brusque et si peu prévu par Gaston, peut, ce nous semble, s'expliquer sans peine.

Associée de cœur et d'âme aux enthousiasmes patriotiques, aux vœux, aux espérances du noble exilé dont elle portait le nom, la marquise avait souffert autant que lui des avortements et des déceptions prenant la place du succès rêvé.

La mort soudaine du compagon de sa vie, mort à laquelle, nous le savons, elle ne pouvait s'attendre, était venue lui porter un de ces coups qui brisent les organisations les plus vigoureuses.

Elle avait résisté cependant à ce terrible choc, — bien moins par la force de sa nature que par la force de sa volonté.

Elle *voulait* se conserver en effet, — se conserver pour son fils, dont la grande jeunesse ne pouvait se passer d'un guide et d'un appui…

Or, souvent — (nous dirons même volontiers : — *presque toujours*,) — la force de volonté opère des miracles.

La marquise nous en fournit une preuve éclatante.

Aussi longtemps qu'elle sentit le besoin, non de paraître mais de rester jeune, elle ne vieillit pas…

Lorsque au contraire Gaston, devenu tout à fait un homme, fut capable de voler de ses propres ailes, et qu'elle l'eut éloigné d'elle volontairement, dans un but qui nous est connu, madame Castella se retira tout à coup de cette lutte dans laquelle, jusqu'alors, elle restait victorieuse.

Sa volonté faiblit…

La nature aussitôt reprit ses droits, et se vengea de la contrainte si longue et si rude qui lui avait été imposée…

La marquise, nous l'avons dit, passa sans transition de l'aspect d'une femme presque jeune à celui d'une septuagénaire. En même temps arrivèrent ces

14.

infirmités qui, d'habitude, n'accompagnent de leur douloureux cortége que la plus extrême vieillesse.

— J'ai bien peu de temps à vivre désormais... — se dit alors madame Castella avec un sourire doux et résigné. — j'irai bientôt rejoindre celui qui m'a précédée là-haut, et j'irai sans regret puisque mon fils n'a plus besoin de moi ici-bas...

La marquise se trompait.

Il lui restait de longues années à vivre ; — il lui restait de nouvelles souffrances morales à subir, souffrances cruelles, plus cruelles peut-être que celles du passé.

Madame Castella devait avoir cependant quelques joies encore avant de refaire connaissance avec la douleur.

Un rayon de soleil allait briller dans les brouillards de sa vie.

XX

LA MÈRE ET LE FILS

En constatant ce grand changement qui devait lui faire craindre de voir bientôt sa mère s'éteindre sous ses yeux comme s'éteint une lampe dont l'huile est épuisée, Gaston ressentit une douleur plus aiguë et plus profonde encore que celle éprouvée par lui jadis, lors de la mort de son père.

Il était d'âge à mieux comprendre toute la portée de l'immense malheur qui lui paraissait imminent.

Il envisageait avec une épouvante inouïe l'isole_ment complet, absolu, sans bornes, dans lequel il se trouverait en ce monde si la marquise venait à mourir.

Il eut la force, néanmoins, de se dominer assez pour cacher à sa mère les émotions pénibles, ou

plutôt les angoisses déchirantes qui s'emparaient de
lui.

Il força ses yeux à ne point se mouiller de larmes ;
— il contraignit ses lèvres à sourire ; — il ne laissa
éclater dans ses regards que l'expression des joies
du retour.

— Allons, — se dit à elle-même madame Castella,
trompée par ces fausses apparences, — il ne s'aper
çoit pas de l'immense chemin que j'ai fait vers la
tombe depuis deux années... — Puisse Dieu permettre
que cette heureuse ignorance se prolonge jusqu'à la
fin...

Le lendemain, la marquise et son fils, dans l'après-
midi, se rencontrèrent au jardin.

Madame Castella prit le bras de Gaston.

— Cela est bien beau, n'est-ce pas mon enfant ?...
— lui dit-elle en étendant la main vers les flots bleus
de la Méditerranée, qui se déroulaient à l'horizon
comme un panorama splendide, sous une lumière
éblouissante.

Çà et là des voiles blanches, pareilles à des ailes
de goëlands, se dessinaient au loin avec une netteté
miraculeuse, indiquant à l'œil attentif le point
presque insaisissable où s'unissaient l'azur du ciel et
celui de la mer.

— Oh ! oui... bien beau !... — répondit Gaston
avec un enthousiasme sincère. — Rien de ce que j'ai
vu pendant mes longs voyages ne m'a semblé plus

enchanteur...—Songez-y donc, ma mère, j'ai grandi, j'ai senti ma pensée et mon âme naître et se développer en face de ces tableaux grandioses... — Je me souviens à peine de mon pays natal... Venezia la Bella ne m'apparaît qu'à travers les brumes confuses de mes souvenirs effacés, ou plutôt elle ne vit pour moi que dans les chants des poëtes qui m'ont parlé d'elle... — il m'est, hélas! à peu près inconnu, ce noble berceau de ma race, et le beau pays où nous sommes est presque ma patrie...

Un sourire triste, aussitôt effacé, passa sur les lèvres de la marquise tandis que Gaston parlait ainsi.

Elle fit quelques pas sans répondre, et elle amena son fils sous le berceau de lauriers-roses où le marquis avait rendu le dernier soupir.

Là, elle s'assit.

Gaston l'imita.

Madame Castella prit entre ses mains amaigries les deux mains du jeune homme et lui dit :

— Mon enfant, causons maintenant...

— Je suis tout à vous, mère chérie...

— J'ai à te parler d'une chose grave... — continua la marquise.

— Une chose grave ! — répéta Gaston.

— Oui.

— Laquelle?..

— Ton avenir...

Gaston fit un geste d'étonnement.

— N'y as-tu donc jamais pensé? — demanda la marquise.

— Jamais...

— Bien vrai?...

— Mon Dieu, non... Jamais, du moins, il ne m'a inspiré l'ombre d'une préoccupation... Vous avez rendu pour moi le passé si facile et si doux, que je me suis dit qu'il en serait de même de l'avenir, et que je n'avais rien de plus sage à faire que de m'en reposer absolument sur vous...

— Eh bien, nous allons nous en occuper ensemble...

— Je suis tout prêt à vous entendre, et à vous répondre de mon mieux...

— Gaston, mon enfant, tu es maintenant un homme, — poursuivit madame Castella, — et, pour te le bien prouver à toi-même, j'ai voulu te laisser jouir d'une liberté absolue, en te séparant de moi pendant deux longues années...

— Ma bonne mère, — interrompit le jeune homme, — je vous jure que ces deux années d'absence, malgré des distractions sans nombre, m'ont semblé plus longues qu'à vous... — c'est auprès de vous qu'est ma vie...

La marquise reprit, après avoir serré la main de Gaston :

— Tu es donc revenu ici avec joie?

—Avec une joie immense... — il y a longtemps, que j'attendais impatiemment l'heure trois fois bénie où je pourrais enfin vous presser dans mes bras...

— Et, maintenant... que comptes-tu faire?

— Je ne me suis jamais adressé cette question, qui me semblait si facile à résoudre... — Ne me sera-t-il donc point permis de vivre désormais comme j'ai vécu jusqu'au jour de notre séparation?...

— As-tu véritablement le désir de rester ici?...

— Certes...

— Rien ne t'attire dans quelqu'une de ces capitales que tu viens de visiter?...

— Rien absolument.

— Paris et Londres offrent pourtant à leurs hôtes des plaisirs délicats et vantés.

— Oui, sans doute; — je connais ces plaisirs; — je les ai goûtés sans ivresse; et vous voyez, ma mère, que je les ai quittés sans regrets...

— La solitude ne t'effraye point?...

— Au contraire elle me charme... — Pourquoi ne vous l'avouerai-je pas?... Je suis une espèce de sauvage civilisé... — je ne me targue en aucune façon de misanthropie, et néanmoins le monde a pour moi peu d'attraits.

— Tu possèdes cependant tout ce qu'il faut pour y [il] ... — rien ne te manque, en fait de dons naturels et acquis... — notre fortune te permet en outr

de ne te refuser aucune des jouissances du luxe, car
nous avons, mon cher enfant, plus de cent mille livres de rente.

— Cent mille livres de rente ! ! — répéta Gaston
avec un peu d'étonnement. — Nous sommes très-ri-
ches, en vérité !... — Que faire de tout cet argent?...
— Vous n'aimez pas le luxe, et moi j'adore la simplicité...

— Ces goûts changeront peut-être...

— J'en doute beaucoup, quoique les gens expéri-
mentés prétendent qu'il ne faut jamais répondre de
l'avenir...

— Je m'étais dit qu'un établissement à Paris, au
moins pour la saison d'hiver, te conviendrait peut-
être...

— Désirez-vous vivre à Paris, vous, ma mère ?

— Je ne désire que ce que tu souhaites.

— Alors ne cherchez pas plus longtemps... — Je
ne forme qu'un souhait, c'est de vivre ici, près de
vous, et de n'en pas sortir. — Ne faudrait-il pas
être un peu fou, dites-moi, pour préférer au ciel toujours pur, au soleil toujours radieux, à l'atmosphère
toujours tiède de la Provence, les ciels sombres, les
brumes glaciales, les boues éternelles d'une grande
ville ?

— Je ne soutiendrai pas le contraire, mais ceux
qui pensent comme toi sont rares.

— Eh ! que m'importe?... — l'opinion du monde

ne saurait influencer la mienne. — Je vis pour vous et pour moi, et non pour les autres.

— Ne t'es-tu pas dit quelquefois qu'un jour viendrait où il faudrait songer au mariage ?

Gaston sourit, et ses joues se colorèrent légèrement.

— Je me suis dit cela plus d'une fois... — répliquat-il. — Rien n'est plus loin de ma pensée que de faire vœu de célibat... je vous promets, ma mère, pour réjouir et charmer votre vieillesse, l'amour et les baisers de vos petits-enfants...

— Hélas ! — se dit la marquise à elle-même, — quel beau rêve !... — malheureusement ce n'est qu'un rêve, et je ne vivrai pas assez longtemps pour qu'il se réalise...

Puis, tout haut, elle reprit :

— Tu as raison, cher fils, et ce que tu viens de me promettre fera certainement le bonheur de mes dernières années... — Oui, la femme de ton choix sera ma fille... je partagerai ma tendresse entre vous deux... je l'aimerai autant que je t'aime, et je suis sûre que ce partage ne te rendra point jaloux.

— Non, sans doute, — fit Gaston en souriant, — car vous ne m'aimerez pas moins pour cela.

— Je t'aimerai plus encore si c'est possible !... — Eh bien, cher fils, cette seconde enfant, quand me la donneras-tu ?...

— Ah ! par exemple, — murmura le jeune homme,

I.   15

—voilà une question à laquelle je serais bien embarrassé de répondre...

— Pourquoi?...

— Parce que vous m'interrogez sur ce que j'ignore...

— N'as-tu pas encore rencontré la jeune fille qui doit te faire dire : *Voici celle que je choisirai entre toutes?*...

— Non, ma mère...

— Ton cœur n'a pas encore battu ?

— Jamais.

— Franchement, cher Gaston, j'ai quelque peine à te croire.

— Je ne vous dis, cependant, que la vérité la plus littérale... — Plusieurs femmes, plusieurs jeunes filles, jusqu'à ce jour, ont enchanté mes regards...— aucune ne m'a fait comprendre le sens de ce mot si doux ; AIMER!...

Un court instant de silence suivit ces paroles.

Ce silence fut interrompu par la marquise.

— Cher enfant, — reprit-elle, —j'avais bien raison tout à l'heure, en pensant que nous ne pouvions rester indéfiniment ici...

Gaston regarda sa mère avec un air étonné qui équivalait à une muette interrogation.

La marquise continua :

— Je vais m'expliquer et ensuite tu conviendras volontiers qu'il est impossible, tout à fait impossible, de me contredire et de ne se point ranger à mon opinion.

— Eh ! mon Dieu, — murmura le jeune homme, — je ne demande pas mieux que d'être convaincu... mais j'avoue que je ne devine pas le moins du monde comment vous vous y prendrez pour faire naître ma conviction...

— Rien ne me sera plus facile... — un simple raisonnement suffira... — Tu conviendras sans peine, je suppose, qu'à ton âge et dans ta position de famille et de fortune, tu appartiens à la catégorie des heureux qui ont le droit de choisir...

— Soit... — Je puis admettre ce premier point qui ne m'engage à rien...

— Il t'engage plus que tu ne penses, au contraire, car pour choisir il faut comparer.

— Eh bien ?

— Eh bien, ici, les jeunes filles qui pourraient te convenir manquent d'une façon à peu près complète et, par conséquent, les points d'une comparaison font défaut... — Donc il faut chercher ailleurs...

— Où ?

— C'est à toi qu'il appartient de le décider...

— Et si je vous chargeais de ce soin, ma bonne mère, quel lieu d'étude choisiriez-vous ?...

— Il me semble que je n'hésiterais point et que je me déciderais bien vite pour Paris, la ville que toutes les familles riches et aristocratiques choisissent comme lieu de rendez-vous...

Gaston fit un mouvement brusque.

— Tu parais ne pas m'approuver... — dit la marquise.

— Ma bonne mère, — répliqua le jeune homme, — je suis désolé véritablement de me trouver en opposition avec vous, mais, sur le point en question, votre manière de voir et la mienne diffèrent plus que je ne saurais dire...

— En quoi?... — demanda madame Castella.

— En ceci que vous parlez de me choisir une femme à Paris, et que je me condamnerais à un célibat éternel, plutôt que de me décider à épouser une Parisienne.

— Qu'as-tu donc à leur reprocher, à ces pauvres Parisiennes qu'on dit si charmantes?... — reprit la marquise avec un sourire.

— Rien, absolument.

— Mais, alors, à quel propos cette résolution si bien arrêtée et qui te semble irrévocable?...

— A ce propos que je regarde une jeune fille élevée dans l'atmosphère de Paris comme incapable de faire mon bonheur, et qu'il me paraît tout à fait impossible de la rendre heureuse.

— Ceci n'est qu'un paradoxe.

— Non, non, ma mère, c'est une belle et bonne réalité, et je puis vous le prouver.

— Prouve-le donc...

— Vous connaissez mes goûts... — j'aime avec passion la campagne, l'isolement, la simplicité... — Une Parisienne, au contraire, aime par-dessus tout le mouvement de la grande ville, le bruit et le tourbillon du monde, les éblouissements du luxe... — Comment des caractères aussi différents, comment des goûts aussi dissemblables, pourraient-ils arriver à sympathiser?...

— L'expérience te prouvera plus tard, mon enfant, que pour trouver dans le mariage la paix et le bonheur, il faut se faire de mutuelles concessions.

— Je vous l'accorde de bien grand cœur et ne prétends point me montrer tyran, mais je ne sache pas de concessions capables de faire régner le bon accord entre le calme et la tempête, entre la neige et le feu...

— Quoi que je pusse faire, il y aurait toujours, entre une Parisienne et moi, cette incompatibilité d'humeur qui bien souvent amène à sa suite le trouble, la discorde et la séparation.

Tout ceci semblait parfaitement logique.

Madame Castella possédait un trop rare bon sens pour ne pas comprendre que son fils avait raison sans doute.

Elle ne répondit rien, n'ayant rien à répondre, et quelques minutes de silence succédèrent aux dernières paroles de Gaston.

— Ma mère, — reprit enfin ce dernier, — voilà que

vous devenez soucieuse et triste... — Vous ai-je donc affligée, sans le savoir et sans le vouloir ?...

— Non, cher enfant, — répliqua la marquise, — non, tu ne m'as point affligée, mais malgré moi je songe combien nous sommes loin encore de la réalisation de ce beau rêve de mariage et de paternité, que tout à l'heure tu me laissais entrevoir.

— Eh ! mon Dieu, qui sait ?... — fit Gaston en souriant, — l'avenir, c'est l'inconnu !... — On prétend que les mariages sont écrits dans le ciel... — Si cela est vrai, comme je suis fort disposé à le croire, tenez pour certain que le hasard, ou plutôt que la volonté céleste, sauront arranger les choses au mieux, et m'envoyer dans notre solitude la femme qui m'est destinée...

— Que Dieu le veuille ! — murmura madame Castella.

— Il le voudra, ma mère... j'y compte, et je vous le promets...

A partir de ce jour il ne fut plus question entre la marquise et son fils, de quitter la Provence.

Gaston reprit avec une joie d'enfant son train de vie passé, ses occupations et ses plaisirs d'autrefois.

La lecture, l'équitation, les longues promenades au bord de la mer, la chasse, les coursès en canot, se partagèrent ses journées et remplirent son existence, qu'il trouva parfaitement heureuse.

Très-intrépide et très-adroit, — nous l'avons dit,

— à tous les exercices du corps, Gaston se sentait surtout entraîné vers le *sport* nautique.

Possesseur d'une chaloupe à voiles, d'une finesse exquise et d'une vitesse prodigieuse, il éprouvait un sentiment d'indicible volupté à braver, sur cette coquille de noix, les dangereux caprices de la mer et des vents.

Bien souvent les pêcheurs provençaux, regagnant lourdement la côte dans leurs barques non pontées aux approches du mauvais temps, voyaient avec une admiration craintive la chaloupe de Gaston filer au milieu de la tourmente, comme un goëland qui touche à peine du bout de son aile les flots soulevés.

— Les vagues ne peuvent rien contre lui... — se disaient-il en leur patois, — il est le maître de la mer.

La marquise éprouva d'abord de vives terreurs, de profondes angoisses, en présence de ces périls toujours renaissants et sans cesse bravés.

Elle supplia Gaston de s'exposer moins.

— Mère chérie, — lui répondit-il en souriant, — votre tendresse pour moi vous aveugle... — vos inquiétudes n'ont point de raison d'être... — je vous jure que le danger redouté par vous n'existe pas.

Une telle expression de sécurité se lisait sur la figure de Gaston, il parlait avec une conviction si complète et si évidente, que la marquise se laissa convaincre.

— Que ta volonté soit faite, mon enfant, — murmura-t-elle, — mais, si tu m'aimes, veille sur toi!... tu sais bien que tu es ma vie, et que s'il t'arrivait malheur, je mourrais...

Gaston promit solennellement la prudence, mais il ne songea guère à tenir parole.

Il avait attaché à sa personne, pour l'accompagner dans ses courses aventureuses sur la Méditerranée, un enfant du pays, un jeune matelot âgé de dix-sept ou dix-huit ans et répondant au nom de Josou.

Josou réunissait au plus haut point toutes les qualités qui pouvaient le rendre utile et agréable à Gaston.

Il était actif, intrépide, doué d'une adresse rare et d'un dévouement à toute épreuve.

Affirmer qu'il se serait jeté dans l'eau pour son jeune maître, c'eût été trop peu dire.

Un peu plus qu'aux trois quarts amphibie, l'eau lui semblait son élément naturel, tout autant qu'aux canards ou aux chiens de Terre-Neuve.

Sur un signe, sur un ordre de Gaston, il aurait traversé sans hésiter un brasier ardent.

Gaston connaissait cet attachement si sincère et si passionné; — il s'en montrait reconnaissant, et il traitait l'honnête Josou beaucoup plus en camarade qu'en subordonné.

Chaque matin, Josou venait prendre les ordres du

jeune marquis et demander à quelle heure il DEVAIT PARER le canot.

Les jours où son maître n'allait point en mer étaient pour lui des jours de tristesse.

Rien n'égalait sa joie, au contraire, quand Gaston lui disait :

— Borde l'écoute, mon matelot, et hisse la voile... nous allons en mer !

15.

XXI

LA CHALOUPE DE GASTON

A un quart de lieue environ de la villa habitée par
la marquise Castella et son fils, s'élevait au bord de
la mer et au pied d'une colline couronnée de végétation, une petite maison blanche à persiennes vertes.

Cette maisonnette de peu d'importance, mais admirablement située au fond d'un golfe étroit où les
flots bleus venaient expirer, sans force et sans bruit,
sur un sable aussi fin et aussi uni que celui de la plage
de Trouville, — cette maisonnette, disons-nous, était
louée chaque année pour la saison des eaux, à quelque famille désireuse de jouir en paix des bains de
mer dans une complète solitude.

Ces hôtes de passage se renouvelaient tous les ans, et jamais aucun d'eux n'avait entrepris de nouer avec la marquise Castella des relations de bon voisinage.

Un matin du mois de juin Gaston, son fusil sur l'épaule et un cigare aux lèvres, descendait lentement les rampes du jardin qui devaient le conduire à la plage.

L'atmosphère tiède offrait une pureté merveilleuse et cette transparence éclatante et incomparable que les ciels du Midi et de l'Orient peuvent seuls offrir aux regards éblouis.

Aucun souffle de brise ne ridait la surface de la Méditerranée, dont les eaux calmes luttaient d'immobilité avec celles d'un lac.

Gaston se disposait à faire une promenade en mer et à donner la chasse aux guillemots et autres oiseaux aquatiques.

En conséquence Josou avait reçu l'ordre de porter à l'avance des avirons dans la chaloupe, car il ne fallait pas songer à marcher à la voile.

Gaston trouva le jeune matelot installé déjà à son poste, sur l'un des bancs de la petite embarcation ; — ses mains frémissantes d'impatience caressaient les extrémités des avirons accrochés aux tolets et prêts à se plonger dans l'eau profonde, comme les roues écumantes d'un steamer.

— Beau temps, monsieur Gaston !! ... — dit le

mousse. — Notre-Dame de la Délivrance a fait signe aux vents de se taire...

— Oui, certes, beau temps! — répliqua le jeune marquis, — mais tu n'en auras que plus de fatigue, mon matelot, puisqu'il te faudra faire la besogne du vent.

Josou se mit à rire.

Gaston reprit :

— Ça n'a pas l'air de t'épouvanter, garçonnet...

— Oh! — répliqua Josou, — pour ce qui est de ça, ma fine non, ça ne m'épouvante guère tout de même... — j'aime tant la mer, monsieur Gaston, voyez-vous? que je me sentirais bien le courage, si nous avions tant seulement dans le canot du pain à manger et de l'eau à boire, de vous mener rien qu'à l'aviron jusqu'en *Algere*...

— Le courage, soit!... — fit Gaston en riant à son tour, — mais la force?...

— Les bras sont bons, monsieur Gaston, croyez-moi... et je vous ferais faire un fier bout de chemin, avant de dire que j'en ai assez...

Tandis que s'échangeaient ces paroles, le jeune marquis avait sauté légèrement dans l'embarcation.

Il prit place à l'arrière.

De la main gauche il saisit la barre, et, tenant sur ses genoux son fusil tout armé et prêt à faire feu si la sauvagine se montrait à portée, il dit :

— Démarre, mon matelot, et nage!...

Josou obéit avec la promptitude et la régularité d'un équipier de la marine de l'État.

Ses avirons s'élevèrent et retombèrent en cadence, et la chaloupe fila, rapide et légère, laissant derrière elle un sillage éblouissant qui se prolongeait au loin, tandis que son étrave faisait bouillonner l'eau soulevée à l'avant par cette marche rapide.

Gaston, qui tenait la barre avec toute la science d'un vieux marin, gouverna d'abord de façon à côtoyer le rivage à une certaine distance, sans jamais le perdre de vue.

Il avait remarqué que souvent les oiseaux de mer flottent et nagent par bandes nombreuses à proximité des grèves, là où les eaux claires et peu profondes leur offrent ces myriades de petits poissons dont ils font leur nourriture habituelle.

La chaloupe parcourut ainsi un quart de lieue en quelques minutes et arriva juste en face de la maisonnette dont nous avons parlé au commencement de ce chapitre.

Là Gaston, les yeux fixés vers la terre, lâcha la barre du gouvernail et se fit une sorte de télescope avec ses deux mains réunies autour de l'arcade sourcilière de l'un de ses yeux.

Un objet inaccoutumé, et de la nature duquel il lui semblait impossible de se rendre compte, attirait son attention et excitait sa curiosité.

Cet objet, d'une forme et d'une grandeur indé-

cises, se dessinait comme une tache blanche sur le
sable grisâtre en avant de la maisonnette, et semblait se réfléchir dans le cristal mobile, dont il n'é-
tait séparé que par une marge imperceptible.

— Stop ! — dit Gaston.

Josou ne savait pas l'anglais, mais il comprenait à
merveille la signification de ce mot, qui est l'équivalent du mot : *halte !*

Il laissa retomber les avirons.

La chaloupe, n'ayant plus pour la pousser en
avant, que la force d'impulsion acquise, ralentit immédiatement sa marche.

— Matelot ! — demanda le jeune marquis, —
qu'est-ce donc que je vois là-bas ?

— Où ça, monsieur Gaston ?

— Au bas de la Maison-Blanche.

Josou regarda à son tour.

— Je sais ce que c'est... — fit-il ensuite.

— Eh bien, tu vas me le dire.

— Eh donc, je ne demande pas mieux, monsieur
Gaston...

— Parle vite...

— C'est une cabane pour les bains de mer... —
une cabane en belle toile blanche, avec un toit de
planches et une petite porte au milieu.

— Tu en es sûr ?...

— Comme de mon nom.

— Moi qui crois avoir de bons yeux, — reprit Gaston, — je ne saurais distinguer à cette distance les objets dont tu parles...

— Je ne les distingue pas non plus...

— Alors, tu me réponds donc au hasard !

— Faites excuse, monsieur Gaston, — je sais ce que je dis... — J'ai passé ce matin tout proche de la Maison-Blanche et j'ai vu le père Soubiras, le vieux menuisier de Baïrolles, qui était en train de monter la cabane, et qui venait d'enfoncer dans le sable, à grands coups de maillet, un pieu pour amarrer le canot...

— Un canot !... — il n'y en avait pas là, ce me semble...

— C'est la vérité, monsieur Gaston, il n'y en avait pas, mais il y en a un présentement... un joli petit canot, foi de Josou, vert et blanc, et qui doit joliment filer sur la lame, si toutefois et quantes il est bien mené... — ça j'en réponds...

— La Maison-Blanche est donc louée ?...

— Oui, monsieur Gaston...

— Depuis quand ?...

— Depuis deux jours, peut-être depuis trois, mais, à coup sûr, il n'y a pas plus longtemps...

— Et, quels sont les locataires ?... — sais-tu aussi cela, Josou ?...

— Oh ! moi, monsieur Gaston, je sais tout ce qui se passe dans le pays, à six lieues à la ronde... — Il y un vieux monsieur et une jeune demoiselle.

— Tu les as vus?

— Oui, monsieur Gaston; ils étaient sur le sable, près du canot, quand j'ai passé, mêmement que le vieux monsieur m'a dit d'un air pas du tout fier : *Bonjour, mon garçon!...* — Oh! c'est un monsieur tout à fait bien... un ancien noble pour sûr, ou quelques chose d'approchant... — Moi, je m'y connais et je n'ai pas mon pareil, d'ici à bien loin, pour juger les gens sur la mine.

— Et la jeune fille?

— Elle était là aussi, monsieur Gaston, avec le vieux... — Ah! la mignonne demoiselle!

— Elle est jolie?

— Ni plus ni moins que les anges du bon Dieu dans le paradis !... — Avec sa robe blanche, son petit chapeau de paille, ses yeux bleus et ses cheveux blonds, elle ressemble à la bonne sainte Vierge qui est portraiturée sur un tableau dans la chapelle de l'église de Lamouzorque où l'on vient faire des neuvaines.

— Quel âge peut avoir cette jeune fille ?

— Dame ! dans les quinze ans, tout au plus, à ce que je me figure.

— Mais, alors, c'est une enfant?

— Oh! que nenni donc, monsieur Gaston... C'est bien une belle et grande demoiselle tout à fait, avec l'air très-fier, mais si bon, si bon, qu'en la voyant on n'en n'a pas peur du tout.

— Le vieux monsieur, sans doute, est le père de la jeune fille ?

—Il y a apparence.

— Sais-tu comment il s'appelle ?

— Ma foi, monsieur Gaston, je ne l'ai point demandé, mais je m'en informerai pas plus tard que tantôt, quand nous reviendrons à terre, si vous avez tant seulement un tantinet fantaisie de le savoir...

— Non, en vérité, —répondit le jeune homme, —je n'y tiens ni peu ni beaucoup, et le nom de ces inconnus ne saurait m'intéresser en aucune façon.

Après un instant de silence Gaston continua :

— Décidément, aujourd'hui, la sauvagine n'est pas à la côte.

— Ah ! — répliqua Josou, — ces bêtes-là, c'est si malin !... — Elles vous connaissent bien, monsieur Gaston, allez ! et votre fusil pareillement... — En vous voyant, elles auront pensé : — *Il va venir par ici ... allons par là !...*

—Eh bien, — reprit le jeune homme, —si le gibier de mer est malin, soyons-le plus que lui !... — S'il se sauve, poursuivons-le... — Je mets le cap sur le large... nage, mon matelot, et vivement.

Gaston reprit la barre.

Josou pesa sur les avirons.

La chaloupe vira de bord et se mit à glisser avec une vitesse fantastique dans la direction de la haute mer.

Bientôt un bruit d'ailes se fit entendre, — des bandes d'oiseaux aquatiques s'envolèrent à la droite et à la gauche de la petite embarcation ; Gaston fit feu de ses deux coups, et une demi-douzaine de colins et d'alouettes de mer tombèrent foudroyés.

Deux ou trois heures se passèrent.

Le temps s'écoulait pour le jeune chasseur avec une rapidité prestigieuse.

Jamais il n'avait trouvé le gibier plus abondant.

Jamais il n'avait eu la main plus heureuse et le coup d'œil plus juste.

Les détonations se succédaient comme les coups de tonnerre dans un orage.

Les oiseaux décimés s'enfuyaient à tire d'aile pour aller se reformer un peu plus loin en bandes compactes.

Gaston, enivré de ses faciles succès s'acharnait à leur poursuite.

Tout à coup, et au moment où il se préparait à faire feu une dernière fois, après avoir épuisé la presque totalité de ses munitions, une secousse brusque ébranla son corps, fit trembler sa main et rompit l'accord de l'œil et du point de mire, si bien que le plomb inoffensif s'éparpilla dans l'espace sans atteindre une seule victime.

— De par tous les diables, — murmura Gaston, — que veut dire ceci?... Avons-nous donc touché quelque épave flottante ?

—Nenni, monsieur Gaston, — répondit Josou, — nous n'avons rien touché du tout, mais il se passe quelque chose de joliment drôle!... — Regardez un peu là-bas... — Il ne fait de vent ni peu ni beaucoup, et voilà pourtant que la mer grossit comme si le mistral lui fouettait les côtes!... — Je n'ai jamais vu ça, par exemple!...

Josou disait vrai.

L'air restait calme.

La mer, dans la direction des grèves déjà lointaines, était unie et sans une ride, autant qu'au moment du départ.

Du côté du large, au contraire, arrivaient avec la vitesse de chevaux lancés au galop des lames courtes et pressées, qui secouaient la chaloupe comme un bouchon de liége ou comme une coquille de noix.

Déjà même ces lames commençaient à se couronner de crêtes d'écume blanche qu'on appelle *des moutons*.

Gaston était brave, nous le savons, et faisait profession de mépriser absolument le péril.

Cependant, en face de cet étrange phénomène absolument inconnu de lui jusqu'à ce moment, la soudaine agitation de la mer avec le calme plat du ciel, il ne put s'empêcher d'éprouver ce sentiment de vague inquiétude qu'inspirent aux plus résolus les choses qui semblent quasi-fantastiques.

Quelques secondes s'écoulèrent tandis que Gaston

essayait de se rendre compte de la situation inquiétante que nous venons de signaler.

Pendant ce temps les flots grossissaient, comme
sous la toute-puissante influence de quelque tempête
invisible.

Les lames devenaient des vagues, et de profondes
vallées, ou plutôt des gouffres humides, se creusaient
entre ces collines menaçantes.

Le ciel continuait à briller, pur, radieux, sans un
nuage, sur cette plaine liquide si bizarrement tour-
mentée.

Gaston jeta son fusil au fond de la chaloupe et saisit la barre des deux mains afin de maintenir l'embarcation en ligne droite et de l'empêcher de prêter le
flanc aux coups de mer dont le plus inoffensif aurait
suffi pour la couler bas.

— Josou... — dit-il.

— Monsieur Gaston?

— Prends bien garde de laisser démonter tes
avirons...

— On y veille, monsieur Gaston.

— Et nage vigoureusement, mon matelot...

— On fait de son mieux, monsieur Gaston...

— Tu disais tout à l'heure que tu n'avais jamais
rien vu de pareil à ce qui se passe, n'est-il pas vrai?

— Jamais... au grand jamais... — J'ai vu la mer
plus dure qu'aujourd'hui... c'est certain... mais il
ventait alors à décorner des bœufs, tandis qu'aujour-

d'hui, si on jetait en l'air un fétu de paille, il retomberait à la même place, ni plus ni moins qu'une balle de plomb...

— Crois-tu qu'il y ait du danger pour nous?...

— Peut être oui... peut-être non...

— Comment l'entends-tu ?

— Dame! monsieur Gaston... nous sommes terriblement loin de la côte... et ça sera difficile tout de même d'y retourner rien qu'à l'aviron sans embarquer de temps en temps un peu plus d'eau qu'il n'en faudrait pour nous noyer bel et bien... — Enfin, on tâchera... — Ah! si nous avions derrière nous une bonne brise bien carabinée et si nous pouvions orienter la voile au plus près et filer gaillardement, dans moins d'une heure nous serions en face de chez nous... échoués tout à notre aise sur le sable... mais le vent nous manque tout à fait et la mer est bien méchante...

Gaston, saisissant des deux mains le mât élancé de la chaloupe, afin de résister aux saccades terribles et simultanées du tangage et du roulis, se dressa sur un banc pour s'élever autant que possible au-dessus des vagues et interrogea l'horizon, dans la direction des côtes d'Afrique.

— Josou, mon matelot, — reprit-il au bout de quelques secondes d'examen, — tu demandes du vent?

— Ah! dame! monsieur Gaston, — répliqua le jeune

homme, — ah! dame! oui, j'en demande de toutes mes forces! Si le vent était à vendre, j'en achèterais de grand cœur pour le peu que j'ai d'argent...

—Eh bien! je te promets que nous allons en avoir avant cinq minutes, — poursuivit Gaston.

— Vrai?

— Aussi vrai et aussi certain qu'il fait jour.

— Dans ce cas-là, mon cher maître, que Notre-Dame de la Délivrance soit bénie... — elle va nous tirer une fameuse épine du pied.

— Seulement, — continua le jeune marquis, — j'ai bien peur que nous n'ayons de ce joli vent un peu plus qu'il ne nous en faudrait.

— Ah! bah! monsieur Gaston, dans le vilain cas où nous sommes, mieux vaut encore trop que pas assez.

— On appelle la brise, — poursuivit le fils du proscrit, — et c'est la tempête qui répond.

— La tempête!... — répéta Josou, qui, courbé sur ses avirons, ne voyait rien que les vagues sans cesse grossissantes et formant autour de la barque un cercle sans issue, — la tempête avec un ciel si bleu et un soleil si beau! Ah! voilà qui sera drôle, par exemple!

— Mon matelot, — reprit Gaston d'une voix lente et grave, — tu sais que je n'ai peur de rien, et je sais que tu es solide aussi, mais franchement je crois que nous ne ferons pas mal de recommander notre âme à Dieu et de penser, toi à ta mère et moi à la mienne. — Allons, mon matelot, une prière est bientôt dite, et ça rend l'âme plus tranquille.

Ces paroles, et surtout le ton presque solennel avec lequel elles furent prononcées, produisirent sur Josou une impression vive.

Il devint un peu pâle.

— Monsieur Gaston, — répondit-il, — certainement ça serait pour moi bien de l'honneur et bien du plaisir de me *neyer* en votre compagnie... mais enfin je ne serais pas fâché de savoir pourquoi vous avez l'air de croire que sommes fichus tous les deux et tout à fait sans rémission. Sans vous commander, mon cher maître, auriez-vous la grande bonté de m'expliquer la chose en deux mouvements?

Gaston n'eût pas le temps de répondre.

XXII

LE MISTRAL

Le jeune marquis Castella, — avons-nous dit en terminant le dernier chapitre, — n'eut pas le temps de répondre à la naïve question de Josou.

Ce tumulte étrange, ce crépitement bizarre qui n'a point d'équivalent parmi les autres bruits de ce monde et que produisent en pleine mer les flots couronnés d'écume s'écroulant les uns sur les autres, se fit entendre derrière la chaloupe avec un crescendo rempli de menaces.

Une vague énorme, une véritable montagne d'eau furieuse et tapageuse, arrivait du large avec la foudroyante impétuosité d'une trombe.

Cette vague semblait prête à ensevelir sous ses

volutes gigantesques la frêle embarcation et les deux jeunes gens qui la montaient.

Le péril était effrayant et sans doute inévitable.

Gaston sentit un frisson nerveux courir sur son épiderme et passer comme un souffle d'agonie dans ses cheveux.

Josou, de pâle qu'il était déjà, devint vert, et, lâchant les avirons pour un mouvement irréfléchi et involontaire, il fit le signe de la croix, tout en recommandant son âme à Dieu, ainsi que Gaston venait de le lui conseiller quelques minutes auparavant.

Le danger, — nous devons le dire, — était plus effrayant en apparence qu'en réalité, et le quart d'une seconde de réflexion suffit pour rassurer momentanément un marin aussi expérimenté que Gaston.

En effet cette vague monstrueuse, qui s'avançait plus rapide que des escadrons de cavalerie lancés au galop, souleva la chaloupe au lieu de l'engloutir, et, s'emparant d'elle comme d'une parcelle de liége ou d'un fétu de paille, elle la fit monter à une hauteur fantastique, pour la laisser redescendre ensuite dans un abîme ténébreux, la soulever de nouveau et la précipiter encore.

Tout cela s'accomplit en beaucoup moins de temps que nous ne venons d'en mettre à le raconter, et la chaloupe, au bout d'un quart de minute, se retrouva sur une mer relativement calme, sans avoir embarqué une goutte d'eau ni un flocon d'écume.

Josou avait toutes les peines du monde à se croire vivant... — sa raison chancelait comme son corps, sous les coups de tangage incessants, — ses lèvres blêmies continuaient à murmurer machinalement les formules de la prière commencée.

Alors seulement Gaston s'aperçut que la chaloupe n'obéissait plus au gouvernail par la raison bien simple que Josou n'avait point repris les avirons.

Il fit un geste de colère, et se départant d'une façon absolue de sa douceur habituelle et de sa bienveillance sans bornes pour le jeune Provençal, il s'écria avec l'énergie un peu triviale, mais indispensable, d'un véritable patron de barque :

— Tonnerre du diable, matelot de malheur! que le mistral te torde le cou! Que fais-tu là sur ton banc comme une méchante figure de bois qui n'est bonne qu'à brûler? — Veux-tu donc avant trois minutes nous voir couler bas? — Reprends les avirons si tu tiens à la vie, et nage comme quatre, ou nous sommes flambés!

Josou ne se fit pas répéter deux fois cet ordre.

Il se précipita sur les rames, qui, par une faveur spéciale de la Providence, n'étaient point sorties de leurs tolets, et ils se mit à ramer avec une énergie prodigieuse et une vélocité surprenante.

La colère de Gaston tomba comme par enchantement.

Un sourire vint à ses lèvres et la ride légère, ou plutôt le pli qui se creusait entre ses deux sourcils, s'effaça.

— A la bonne heure ! — reprit-il d'un ton plus doux ; — il me paraît, mon matelot, que décidément tu tiens à la vie !

— Dame !... pourquoi donc pas ?... — répondit Josou. — J'ai bonne envie tout de même de rester longtemps votre matelot, monsieur Gaston, et l'idée de piquer une tête sans fin dans la grande tasse pour y servir de régal aux thons et aux dorades, ne me réjouit ni peu ni beaucoup... — Croyez-vous que nous nous en tirerons, monsieur Gaston ?

— Peut-être oui, peut-être non... mais rien ne nous empêche d'espérer... — Nage toujours, mon matelot, nage de toutes tes forces, et quand tu te sentiras trop fatigué, dis-le moi, je prendrai ta place...

Josou poussa un *han !* prodigieux, pareil à ceux qui s'échappent de la robuste poitrine des abatteurs d'arbres dans la forêt Noire, et se courba sur ses avirons.

— Ah !... — murmura-t-il à demi-voix. — si seulement nous avions le vent !

— Le voici qui vient !... — répondit Gaston.

En moins d'une minute, et tandis que s'échangeaient entre les deux personnages que nous mettons en scène les répliques précédentes, l'aspect du ciel s'était métamorphosé complétement, et maintenant il s'accordait bien avec celui des flots tourmentés.

Un instant auparavant, nous le savons, un soleil radieux brillait dans un ciel pur, et c'est à peine si tout au fond de l'horizon, du côté de l'Afrique, une barre livide se détachait entre les vagues écumantes et le ciel lumineux.

Cette barre livide venait de se développer, de s'assombrir, d'escalader l'espace, d'une façon qui tenait du prodige, comme ces nuages qui, dans les féeries sortent tout à coup du sol et montent jusqu'au ciel, nous voulons dire jusqu'au *cintre*.

Cette couche de vapeurs, semblable à un grand manteau noir qu'on étale, atteignit bientôt et fit disparaître le disque du soleil, et une demi-obscurité sinistre remplaça sans transition les clartés éblouissantes que secoue sur la mer Méditerranée la perruque aux crins d'or de Phœbus-Apollon.

Sur ces ténèbres diurnes, les vagues sombres se détachèrent comme les houles du métal incandescent qui bout dans les fournaises.

Les aigrettes d'écume devinrent phosphorescentes.

La chaloupe sembla flotter sur les laves d'un volcan.

A l'instant précis où Josou murmurait :

— Si seulement nous avions le vent !

Et où Gaston lui répondait :

— Le voici qui vient !

A cet instant, disons-nous, un sifflement comparable à celui qui s'échapperait des naseaux fumants
de cent locomotives à la fois, fendit les airs, traversa
l'espace et fit tressaillir et blêmir d'épouvante tous
ceux qui l'entendirent, en mer ou sur les côtes.

Pour emprunter à l'antique langage de cette my-
thologie charmante, aujourd'hui démodée et que
nous regrettons sincèrement, une expression imagée
et pittoresque, c'était le vieil Eole qui déchirait ses
outres et qui déchaînait ses enfants captifs.

En même temps Gaston et Josou durent courber
la tête sous la violente attaque du premier souffle de
la tempête et une pluie, ou plutôt une avalanche
d'écume fondit sur la chaloupe et inonda les deux
jeunes gens qui, pour n'être point emportés et roulés
comme des feuilles sèches, furent obligés de se cramponner aux bancs sur lesquels ils étaient assis.

Le mistral, en passant, décapitait les vagues, et
dispersait dans ses tourbillons les flocons neigeux
qui les couronnaient.

Le frêle esquif trembla jusque dans sa membrure,
et un coup de mer, frappant à faux l'un des avirons,
le brisa net comme un morceau de verre, à deux
pouces à peine du bordage.

Josou poussa un sourd gémissement et balbutia :

— Que Notre-Dame de la Garde nous prenne en
pitié !

Cette fois le danger devenait terrible, imminent,

16.

— Une barque qui ne gouverne plus, une barque démontée de ses avirons par un gros temps, est une barque perdue.

Gaston le comprit.

Il fit un appel énergique à toute sa présence d'esprit, à tout son sang-froid, et d'une voix assez forte pour dominer les bruits de la mer et du ciel il s'écria :

— A la voile, mon matelot !... Hisse la voile et dépêche !

Tout en se levant pour obéir, le jeune Provençal murmura :

— Nous coulerons !... Par un pareil mistral, nous allons capoter avant seulement d'avoir eu le temps de dire un *Pater* !...

— Eh ! mon Dieu ! — répliqua Gaston, — c'est probable, je le sais bien, mais il faut du moins tenter l'unique chance de salut qui nous reste peut-être...

Un mouvement d'épaules de Josou prouva très-clairement qu'il ne croyait guère à cette chance ; mais il ne fit aucune objection, et il exécuta, aussi vite que le lui permirent les coups de mer incessants, les ordres de son jeune maître.

A peine la voile fut-elle déployée, et avant même que son extrémité supérieure eût atteint le sommet du mât, qu'elle se gonfla d'une façon si furieuse qu'on put la croire près d'éclater, et le mât se ploya comme un roseau qui va se rompre.

L'un et l'autre résistèrent cependant, contre toute

prévision, et la chaloupe, après s'être dressée sur sa quille à la manière d'un cheval fougueux qui se cabre au départ, partit avec la rapidité d'une flèche, et bondit sur les vagues dans la direction de la Maison-Blanche.

Par quel prodige, par quel miracle d'équilibre la petite embarcation, chassée vent arrière avec une d'impulsion pour laquelle nous ne saurions trouver de comparaison meilleure que celle d'un wagon marchant à toute vitesse, pouvait-elle se maintenir à flot, et, sans cesse au moment de chavirer, ne chavirait-elle point?

Voilà ce que nous ne nous chargeons nullement d'expliquer à nos lecteurs.

Qu'il nous suffise de leur apprendre qu'au mépris de toute probabilité et de toute vraisemblance, le canot continuait sans encombre sa course insensée, traversant comme un boulet de canon les vagues immenses qui devaient l'engloutir, et se rapprochant de la côte avec une rapidité si grande qu'on pouvait presque prévoir le moment où son étrave mordrait le sable de la plage,

Etourdi, stupéfié, et par la vitesse inouïe de l'allure, et par le sentiment du danger mortel qui, bien qu'amoindri, subsistait encore, Josou se cramponnait à l'écoute, ne disait absolument rien, et sans doute n'en pensait pas davantage.

Gaston tenait d'une main ferme la barre du gou-

vernail et dirigeait la marche du canot avec l'habileté
d'un vieux pilote.

Il n'avait jamais perdu toute espérance, nous le
savons.

Maintenant cette espérance grandissait.

A voir la manière dont se comportait la chaloupe,
le salut devenait non-seulement possible, mais probable.

Il fallait cependant redoubler de prudence et d'attention, car, à mesure que s'amoindrissait la distance qui séparait la barque du rivage, et que par
conséquent la mer devenait moins profonde, les
vagues rencontrant les hauts-fonds décuplaient leur
impétuosité et, se dressant les unes sur les autres,
dans un épouvantable ressac, formaient des tourbillons et des cataractes aussi redoutables pour la chaloupe que le fameux maëlstrom lui-même pour les
navires du plus fort tonnage.

L'ouragan redoublait.

Des éclairs continuels traversaient et illuminait les
nuées ; — le tonnerre grondait sans relâche ; — une
pluie torrentielle commençait à tomber et augmentait
encore cette demi-obscurité lugubre dont nous avons
parlé.

A travers ces ténèbres presque crépusculaires, —
à travers les vapeurs de la mer et le rideau mouvant
de la pluie, — Gaston entrevoyait vaguement la côte
vers laquelle il se dirigeait.

Il mettait le cap sur la Maison-Blanche, à peu près distincte comme une tache d'un ton plus clair au milieu des verdures sombres qui l'entouraient.

En face de la Maison-Blanche, la plage était unie et douce comme un véritable tapis de velours, et pas une roche ne trouait la nappe du sable fin et grisâtre.

Sur cette plage favorisée du ciel, l'échouage serait plus facile et moins dangereux que partout ailleurs.

Le canot continuait à glisser, ou plutôt à voler sur les flots en fureur.

Il devenait évident qu'en moins de dix minutes de cette course vertigineuse il atteindrait la terre ferme.

Josou commençait à murmurer des prières d'actions de grâces à Notre-Dame de Bon-Secours.

Tout à coup Gaston tressaillit.

Il lui semblait qu'au milieu des grandes voix de la tempête, un cri d'appel, un cri désespéré venait d'arriver jusqu'à lui.

Mais c'était une illusion sans doute.

Le cri joyeux du goëland rasant les vagues ressemble souvent à l'invocation suprême du naufragé qui va périr.

— N'as-tu rien entendu ? — demanda-t-il à Josou.

— Rien, monsieur, — répondit le jeune Provençal.

— Je me suis trompé... — pensa Gaston.

Au même instant retentit un second appel, si net,

cette fois, si distinct, si déchirant, qu'aucun doute ne restait possible.

Une créature humaine était en danger tout près de là... — une créature humaine invoquait le secours des hommes et de Dieu...

— Cargue la voile ! — commanda Gaston.

Josou ouvrit de grands yeux et demeura muet et immoblile sur son banc.

— Ne me comprends-tu pas?... — poursuivit le jeune marquis d'une voix frémissante.

— Si, monsieur.

— Eh bien, qu'attends-tu ?

— Nous n'avons plus d'avirons... — Carguer la voile, c'est appeler la mort !

— Qu'importe? — Obéis vite, ou j'agirai moi-même.

Et, prêt à joindre l'action aux paroles, Gaston se soulevait déjà.

Josou le devança, bien qu'avec une répugnance manifeste, et il exécuta l'ordre qui venait de lui être donné.

La voile détendue tomba sur le pont.

Presque aussitôt la marche du canot se ralentit, et le frêle esquif, devenu le jouet des vagues, tourna sur lui-même comme une toupie d'Allemagne, puis se mit à bondir, ainsi qu'une chèvre folle, effleurant la crête des abîmes dans lesquels, d'une minute à l'autre, il allait infailliblement s'engloutir.

Gaston, sans paraître s'apercevoir de ce nouveau et immense danger qu'il provoquait et qu'il affrontait avec une sublime imprudence, se tint debout près du mât, auquel il se soutint pour ne pas tomber, et promena ses regards autour de lui.

Dans le premier moment l'écume et la pluie, fouettées par le vent qui venait du large, le frappèrent au visage et l'aveuglèrent.

Mais bientôt il lui devint possible de distinguer, à une très-faible distance, un tout petit canot, monté par deux personnes et près de périr, car ses dimensions exiguës offraient encore moins de résistance aux coups de mer que la chaloupe de Gaston.

— Quels sont ces malheureux? — murmura le jeune homme. — Josou, les connais-tu ?

Le matelot se fit pour la seconde fois une sorte de télescope avec ses deux mains, et, après un examen rapide, il répondit :

— Oui, oui, je les connais.

— Quels sont-ils?... Des pêcheurs, sans doute?

— Oh! que nenni, monsieur Gaston... des pêcheurs s'en tireraient mieux que ça ! La canot est vert et blanc... c'est celui de la Maison-Blanche, et les gens qui sont dedans sont le vieux monsieur et la jeune demoiselle!... — Ils se sont mis là tout de même dans un mauvais pas dont ils ne se tireront point! — Ah! pauvre demoiselle! c'est bien dom-

mage, foi de Josou, de trépasser vilainement quand
on est si jeune et si gentille que ça !

— Elle ne mourra pas !... — s'écria Gaston.

— Dame !... à moins qu'elle ne nage comme une
dorade, je ne vois pas trop...

Gaston interrompit le matelot.

— Nous la sauverons !—reprit-il, — nous la sauverons !

— Et comment ferons-nous, grand Dieu ? — demanda Josou stupéfait.

— C'est ce que tu vas voir.

— Le canot en perdition est derrière nous.... — le
vent et les coups de mer nous éloignent l'un de
l'autre... — Jamais, au grand jamais, si nous
essayons de louvoyer, nous n'arriverons jusqu'à lui
avant qu'il ait coulé... si toutefois encore, monsieur
Gaston, nous ne coulons pas nous-mêmes...

— Hisse la voile ! — cria le jeune marquis.

En même temps il se laissa retomber sur le banc
qu'il avait quitté, et il reprit la barre du gouvernail.

Josou fit ce que lui commandait son maître.

A cet instant précis, une trombe de mistral vint
frapper la toile tendue de nouveau.

L'étoffe craqua, prête à se rompre, et le canot se
pencha tellement que pendant quelques secondes
il parut vraisemblable qu'il allait sombrer sous voile
et disparaître tout entier.

Il se redressa, cependant, grâce à l'admirable construction de sa coque, et il recommença à bondir dans la direction de la terre.

Josou se dit que son maître venait de renoncer sans doute au plus insensé de tous les projets, et reprit quelque vague espoir.

Cet espoir dura peu.

Gaston vira de bord, avec une audace et un bonheur incompréhensibles, et malgré les terribles coups de mer qui, de seconde en seconde, semblaient près d'anéantir la chaloupe, il se mit à courir des bordées afin de se rapprocher du canot en perdition.

Une distance de cent mètres, tout au plus, le séparait de ce canot, et néanmoins, telles étaient la furie des flots soulevés et la violence formidable du mistral, qu'il mit près d'une demi-heure à franchir cette distance si courte.

Encore n'y parvint-il que par une sorte de miracle, en jouant mille fois sa vie avec une insouciance et un sang-froid vraiment inouïs.

Enfin une dernière bordée lui permit d'atteindre son but, c'est-à-dire de se trouver porté plus au large que le canot vert et blanc, et il ne lui resta pour le rejoindre qu'à naviguer vent arrière.

Il lui fut possible alors de distinguer d'une façon à peu près distincte les deux personnes qui montaient ce canot et qui se trouvaient en un si mortel péril.

C'étaient, nous le savons déjà, un vieillard et une jeune fille, — les nouveaux hôtes de la Maison-Blanche.

Le vieillard pouvait avoir environ soixante ans, mais, malgré ses cheveux d'un blanc de neige, il conservait une apparence vigoureuse et presque juvénile.

Il ne paraissait point regarder la situation comme désespérée, et appuyait énergiquement sur les avirons, sans obtenir de résultat appréciable.

Heurté et soulevé par chaque vague, le canot roulait et tanguait d'une manière effrayante, mais n'avançait pas d'une ligne malgré les efforts surhumains du vieillard.

Assise à l'arrière, et se cramponnant des deux mains aux bordages pour n'être point emportée par les coups de mer, la jeune fille, entièrement vêtue de blanc, belle comme un ange et pâle comme une morte, élevait vers le ciel ses grands yeux suppliants, tandis que ses lèvres murmuraient tout bas une invocation suprême.

Ses grands cheveux blonds dénoués flottaient au vent, et par instants, retombant mouillés et ruisselants sur ses épaules, la couvraient d'un long manteau d'or.

Gaston vira de bord de nouveau et mit le cap sur le canot.

Le quart d'une minute devait lui suffire pour l'atteindre, car le vent soufflait en foudre et faisait voler la chaloupe avec la rapidité de l'éclair.

— Courage ! — criait le jeune homme dont la voix

se perdait dans le fracas des éléments conjurés. —
Courage! courage!

On eût pu croire alors que la tempête jalouse, ne
voulant point lâcher sa proie, vouait à une perte commune les courageux sauveteurs et les imprudents
qu'ils voulaient sauver.

L'impétuosité du mistral redoubla; la mer, aussi
loin que pouvait s'étendre le regard, offrit l'aspect
d'une plaine d'écume d'une blancheur éblouissante.

Un bruit sec retentit, bruit à peu près semblable à
celui de certains coups de tonnerre, et la chaloupe
reçut une telle secousse que Gaston, enlevé de son
banc avec violence, fut jeté jusqu'au pied du mât.

La voile unique venait de se déchirer en trois morceaux, et ses lambeaux désormais inutiles fouettaient
l'air avec des sifflements étranges.

La chaloupe cependant marchait toujours, mais
par la seule force de la vitesse acquise.

Une fois cette force épuisée, elle se trouverait sans
avirons, à la merci des vagues, et sa destruction ne
se ferait guère attendre.

Gaston ne songea même point à ces conséquences
forcées d'un accident irrémédiable.

Une chose unique absorbait son attention tout entière, c'était la distance de plus en plus courte qui le
séparait du canot.

Bientôt cette distance ne fut plus que de quelques
brasses; — il aurait été presque possible, d'une em-

barcation à l'autre, de s'adresser la parole et de se répondre.

— Dieu m'a entendue, mon père... — balbutia la jeune fille d'une voix brisée par la terreur et par l'émotion, — on vient à notre aide... voici des sauveurs qui nous arrivent...

— Blanche, mon enfant chérie, — répondit le vieillard, — je savais bien que tu ne pouvais périr ! je savais bien que Dieu protégerait la plus charmante et la meilleure de ses créatures !

Raillerie bizarre de la destinée !

A peine le vieillard achevait-il de prononcer ces paroles où débordaient la confiance et l'espoir, qu'une vague colossale, annonçant son approche par un gigantesque remous, vint s'écrouler à une si faible distance du canot que l'esquif sembla s'évanouir dans une avalanche d'écume, et reparut au bout d'un instant, la quille en l'air.

Deux cris avaient traversé l'espace au moment où cette catastrophe s'accomplissait.

Une clameur d'angoisse et d'agonie s'était échappée de la gorge haletante de la jeune fille.

Gaston, livide d'épouvante, avait répété cette clameur.

Le jeune matelot provençal se laissa tomber à genoux dans la chaloupe en joignant les mains.

— Ah ! bonne Notre-Dame de la Garde, — murmurait-il, — ayez pitié de nous ! — pauvre vieux mon-

sieur... pauvre chère jeune demoiselle, ils sont per-
dus!... et nous allons l'être comme eux!... — Que
Dieu reçoive toutes nos âmes en son saint paradis! amen!

Josou se frappait la poitrine, comme un véritable
pécheur repentant, et faisait des signes de croix à
n'en plus finir.

Gaston, haletant, debout sur l'un des bordages et
se soutenant au mât d'une seule main, attachait sur
l'abîme ses yeux perçants, qui semblaient vouloir en
sonder les profondeurs.

Tout à coup il s'écria :

— Josou!

— Monsieur Gaston? — répondit le Provençal.

— Regarde!

— Où?

— Là, à gauche... dans l'endroit où le canot vient
de disparaître.

— J'y regarde, monsieur Gaston... j'y regarde.

— Ne vois-tu rien?

— Non...

— Eh quoi! dans ce tourbillon, n'est-ce donc pas
une robe blanche qui se montre par intervalles?

— Non, monsieur Gaston... C'est un paquet d'é-
cume qui tournoie...

— Regarde encore! regarde toujours !

— Oui, monsieur Gaston.

Au milieu de l'écume soulevée, le canot, un instant englouti, reparut, nous l'avons dit, chaviré et la quille en l'air.

En même temps une forme humaine se dessina sous le mouvant linceul des eaux, — une tête surgit, — puis deux bras.

C'était le vieillard.

Il se cramponna d'une main à la quille du canot quasi-submergé, — il essaya de dominer les flots qui l'aveuglaient, et après avoir crié par deux fois :

— Ma fille, ma fille, où es-tu?

Il disparut de nouveau, mais cette fois volontairement.

Il plongeait au hasard pour chercher sous la vague le corps de son enfant, déjà morte peut-être.

— Malheureux père! — pensa Gaston. — Dieu m'est témoin que j'essayerais de le sauver si je ne me réservais pour sa fille.

En ce moment Josou intervint.

— Monsieur... — dit-il vivement, — monsieur...

— Eh bien, Josou... eh bien... parle... hâte-toi!

— La voilà... monsieur... la voilà... à droite... là... c'est la pauvre demoiselle... j'en suis sûr... Elle est à trois brasses de nous tout au plus... Ah! si nous avions une gaffe!

A peine Josou venait-il de parler que Gaston, tournant son regard vers la direction indiquée, apercevait distinctement entre deux eaux un vêtement de femme et une longue chevelure flottante.

C'était bien la jeune fille de la Maison-Blanche.

Sans perdre une seconde, car en de telles occur-
rences les secondes valent des heures, il se dépouilla
de sa vareuse de toile dont les plis humides auraient
gêné ses mouvements, et il se précipita dans l'a-
bîme.

Josou essaya de crier, mais sa voix expira dans
son gosier, et il demeura muet, immobile, anéanti,
plus semblable à une statue qu'à un homme vivant.

Gaston, d'abord enseveli sous une vague énorme,
se remontra bien vite, nageant avec une vigueur
prodigieuse vers le point où le corps de la jeune fille
flottait un instant auparavant.

Quand il atteignit ce point, la vision à peine en-
trevue avait disparu.

Gaston plongea.

Pendant près d'une demi-minute il resta sous les
eaux.

Lorsqu'il remonta à la surface pour respirer, il
avait les mains vides...

A trois reprises différentes il plongea sans résultat.

Sa quatrième tentative fut enfin heureuse. — Il
reparut comme un jeune triton qui ramène du sein
des flots une océanide évanouie.

Son bras gauche entourait la taille flexible de
l'enfant qu'il venait de disputer aux vagues, et dont

il soutenait au-dessus de l'eau la tête pâle aux yeux fermés.

Hélas ! cette créature charmante n'était-elle pas un cadavre déjà ?

Gaston chercha des yeux la chaloupe.

Les rafales redoublées du mistral la chassaient du côté de la terre.

Elle était loin déjà, et, de seconde en seconde, elle s'éloignait davantage.

Essayer de la rejoindre aurait été la plus inutile et la plus folle de toutes les entreprises.

Gaston le comprit et il se dirigea vers l'épave flottante, vers le canot chaviré, sur lequel il pouvait du moins trouver un point d'appui dont il avait besoin pour reprendre ses forces épuisées.

Le canot, n'offrant aucune prise au vent, ne s'en allait point à la dérive comme la chaloupe.

Gaston l'atteignit, mais non sans peine, car le fardeau dont il se trouvait chargé paralysait presque ses mouvements, et un sauvetage, par un temps pareil et par une semblable mer, était une entreprise surhumaine.

Le jeune homme, nous le savons, jouissait à bon droit de la réputation d'un nageur de première force.

Il ne fallait rien moins que cette habileté hors ligne pour n'avoir pas succombé cent fois en accomplissant la tâche qu'il s'était imposée.

Enfin, nous le répétons, il atteignit l'épave.

Au moment où sa main se crispait sur l'un des bordages de l'esquif chaviré, une voix, qui semblait venir des profondeurs de l'abîme, prononça derrière lui ces mots :

— Ma fille chérie... ma Blanche adorée... attends-moi... je vais te rejoindre... — J'ai trop vécu, puisque je devais vivre plus que toi... — Je viens à toi... je viens...

Gaston se retourna vivement.

Il aperçut, à travers un nuage d'écume, la tête effrayante du vieillard épuisé, qui ne se soutenait plus qu'à grand'peine et qui semblait au moment de couler bas.

Aveuglé par les flots déferlant violemment autour de lui, le malheureux père ne voyait même pas Gaston.

Une seconde de plus, une seconde encore, et tout était fini pour lui.

— Courage, monsieur !... — cria le jeune homme, — faites un effort... — Venez jusqu'au canot, — ne désespérez plus !... — votre fille est sauvée !...

— Sauvée !... — répéta le vieillard avec un accent inouï, — sauvée ! — murmura-t-il une seconde fois.

— Oui... — je vous le jure...

— D'où vient la voix que j'entends ? — qui me parle ? — est-ce Dieu lui-même ? — est-ce un de ses anges ?

Malgré l'épouvantable gravité de la situation, Gas-

17.

ton ne put empêcher un sourire fugitif de se dessiner sur ses lèvres.

— Monsieur, — répondit-il, — je ne suis pas un ange, — je ne suis qu'un jeune homme, votre voisin d'habitation sur la côte, et j'ai eu le bonheur insigne de me trouver en mer tout à l'heure pour porter secours à mademoiselle votre fille, que je soutiens en ce moment de mon mieux auprès de votre canot chaviré, où je vous invite très-fort à me rejoindre au plus tôt.

Ces paroles rendirent au vieillard ses forces disparues.

Il nagea vers l'épave, dont il n'était éloigné que de quelques brasses.

Tout en nageant il demanda :

— Si ma fille est vivante, comme vous le dites et comme j'ai tant besoin de le croire, pourquoi ne me parle-t-elle pas ? — Blanche, je t'en supplie, dis-moi un mot... un seul mot ! — j'ai besoin d'entendre ta voix chérie que je croyais ne plus entendre jamais... Blanche, écoute-moi ! Blanche parle-moi !...

— Monsieur, — répliqua Gaston, — mademoiselle votre fille ne peut en ce moment ni vous entendre, ni vous répondre ?

— Mais alors... alors... elle est morte ?

— Non, monsieur... — elle est vivante, mais elle est évanouie...

Le marquis Castella n'était pas bien sûr, nous

devons l'avouer, que la jeune fille dont il soutenait le corps fût vivante en effet ; — mais jamais mensonge fut-il plus innocent et plus légitime que celui qui devait rendre un peu de courage au pauvre père désespéré ?

Le nageur atteignit enfin l'épave, à laquelle il se cramponna comme Gaston, et il dit à ce dernier, après avoir embrassé le front livide de l'enfant inanimée :

— Vous avez donné votre vie pour sauver la sienne, monsieur, — que ma fille soit vivante ou qu'elle soit morte, je vous bénis du plus profond de mon âme, et je demande à Dieu que la bénédiction d'un vieillard et d'un père puisse vous porter bonheur.

. . . .

Une demi-heure s'était écoulée.

La violence du mistral diminuait d'instant en instant, — les nuages noirs qui couvraient le ciel formaient une cuirasse moins compacte, et çà et là, parmi leurs masses sombres, on apercevait des taches bleues, infaillible indice du prochain retour du beau temps.

L'état de la mer n'en était pas moins terrible, car personne n'ignore qu'après une tourmente les flots restent tumultueux et menaçants, alors que depuis longtemps déjà le ciel est devenu pur et radieux.

La situation de nos trois personnages était effoyable et nulle chance de salut ne semblait devoir se présenter à eux.

Gaston Castella et le vieillard de la Maison-Blanche, cramponnés l'un à côté de l'autre au canot chaviré, soutenaient au-dessus des vagues la tête de la jeune fille qui ne donnait plus signe de vie.

Une distance de près d'une lieue séparait de la côte les naufragés.

Ils ne pouvaient songer à franchir cette distance à la nage, en portant avec eux le précieux fardeau dont ils étaient chargés.

La fatigue les écrasait. — Leurs membres engourdis avaient peine à se mouvoir. — Ils ne pouvaient douter qu'une mort presque immédiate ne les attendît s'ils abandonnaient l'épave qui seule les empêchait de couler.

La chaloupe, poussée par le vent et ballottée par les vagues, ne se voyait plus dans le lointain.

Sans doute elle avait sombré déjà, et les abîmes de la mer s'étaient refermés sur le pauvre matelot provençal.....

FIN DU PREMIER VOLUME

TABLE DES CHAPITRES

FIN DE LA TABLE DU PREMIER VOLUME.

F. Aureau. — Imprimerie de Lagny.

EN VENTE A LA LIBRAIRIE E. DENTU, E

Paris. — Imprimerie de E. Donnaud, rue Cassette, 9.